DETROIT STUDIES IN MUSIC BIBLIOGRAPHY

General Editor
BRUNO NETTL
University of Illinois at Urbana-Champaign

The
Arnold Schoenberg–Hans Nachod
Collection

John A. Kimmey, Jr.

Lieber Hans, *Arnold Schoenberg* Lieber Arnold! *Hans Nachod*

DETROIT STUDIES IN MUSIC BIBLIOGRAPHY *Number Forty-One* INFORMATION COORDINATORS *1979* DETROIT

Vocal score of *Gurre-Lieder* used by permission of
Belmont Music Publishers, Los Angeles, California, and
Universal Edition, Vienna

Printed and bound in the United States of America
Library of Congress Catalog Card Number 78-70020
International Standard Book Number 0-911772-88-X

Published by
Information Coordinators, Inc.
1435-37 Randolph Street, Detroit, Michigan 48226

Book design by Vincent Kibildis

To
Dika Newlin

CONTENTS

FOREWORD

THE PUBLICATION OF THE SCHOENBERG-NACHOD COLLECTION is indeed an important and long-awaited event. The correspondence of forty years between Schoenberg and his cousin, Hans Nachod ("creator" of the heroic tenor role of Waldemar in Schoenberg's *Gurre-Lieder*) covers many happenings of significance in music history. We can follow the preparations for the premiere of the *Gurre-Lieder*, read Schoenberg's devastating criticism of conductors who failed to perform his music in America, enjoy once more his touching letter of thanks to the friends who had remembered him on his 75th birthday. The story of these times is ever absorbing. As Nachod wrote his cousin in 1944, "We couldn't say that it was boring. It changed like a thrilling movie piece and there was always surprise." Today's readers should find much of this material equally exciting.

My first contact with the music in the collection came in July 1965, when I was visiting London for the British premiere of *Moses and Aaron*. As I wrote later, "It was—and is—awe-inspiring to contemplate the gulf between what are very probably the first creative efforts of the self-taught teen-age composer and the lofty heights of *Moses and Aaron*." (*Musical Quarterly*, January 1968). We find here Schoenberg's early harmony exercises, popular-style violin duets, Mendelssohnian piano music, Brahmsian songs, and much more. I personally regret that the "*Romance* Ré mineur, pour deux violons et alto par Arnaude Schönberg, Op. 1," did not come to us in performable condition! A valuable item is the set of pages from Alban Berg's piano reduction of the *Gurre-Lieder* comprising the part of Waldemar. These pages are liberally marked with extra performance indications, showing the great care with which Schoenberg coached Nachod in the part.

I was instrumental in securing the Schoenberg-Nachod Collection for the Library of North Texas State University in December, 1966. Since then the Collection has been visited and used by many scholars. Mr. Kimmey, whose fine thesis on the relationship between phenomenology and Schoenberg was done under my direction at North Texas, is the logical person to bring this material before the public now. I welcome his work.

DIKA NEWLIN

INTRODUCTION

Only a few remarks are needed to aid the reader in using this catalog. Each item in the catalog is prefaced by an item number and page number. These refer to the copies that are in the North Texas State University Music Library. The post cards and letters have been copied as they are. No attempt has been made to improve Schoenberg's or Nachod's English. There are ellipses in some letters because they are unreadable, not because the material is unprintable. In reading the catalog of the annotations to *Gurre-Lieder* one should read them as printed, thus: " 𝄐 over ♪ G, ♪ F♯, and ♩ B♭ " becomes, "fermata over eighth note G, eighth note F-sharp, and quarter note B-flat." An arrow indicates that a note or word has been changed from what is printed to something else. All annotations are in the vocal part unless indicated. The music catalog is self explanatory. All size indications are in centimeters.

I would like to thank Dr. David Webb, North Texas State University Librarian and Morris Martin, Music Librarian for allowing me to use the originals in preparing this catalog. The transliterations of the hand written letters would never have been as complete without the help of Ann Worster. David Lively was of tremendous help with proof-reading and last minute collaborations with transliterations. I must also thank Richard Clark for putting up with an apartment full of the "Schoenberg-Nachod Collection."

JOHN A. KIMMEY, JR.

Denton, Texas
December 1978

Catalog

POST CARDS / LETTERS

ITEM 1[*]

PAGE   1-2[*]
SIZE   13.8 x 9.1
DATE   18 November 1909
MEDIUM   Black ink

Recto   Arnold Schönberg
Wien
IX. Liechtensteinstrasse 68/70

         Herr Hans Nachod
         IX
         Porzellangasse 45

Verso   Lieber Hans, wegen deiner Mitwirkung, dich bei einem Kompositions-Abend wünsche, möchte ich gerne mit dir sprechen. Ich bin jeden nachmittag bis 4 Uhr zu Hause. Du müsstest aber sehr bald kommen, weil die Sache drängt. Du kannst aber eventuell auch vormitags oder des morgens herschauen wenn dir das besser passt. Bestens grussend Arnold Schonberg

---

[*] Item and page numbers refer the reader to the section of **Illustrations** following page 119.

ITEM 2

PAGE | 3-4
SIZE | 12 × 9
DATE | 20 December 1909
MEDIUM | Pencil

Recto Arnold Schönberg
Wien
IX. Liechtensteinstrasse 68/70

Herr Hans Nachod
Opernsänger an der Volksoper
Rohrpost IX
Porzellangasse 27

Verso Lieber Hans, bitte sende (oder bringe) mir sofort die Noten meiner Gurre-Lieder. Wenn du niemanden zum Schicken haben solltest, dann nimm einen Dienstmann (auf meine Kosten). Gruss
Arnold Schönberg

ITEM 3

PAGE | 5-6
SIZE | 14 × 9.1
DATE | 14 January 1910
MEDIUM | Black ink (recto); blue pencil (verso)

Recto Arnold Schönberg
Wien
IX. Liechtensteinstrasse 68/70

Herrn Hans Nachod
Opern-Sänger an der Volksoper
Rohrpost IX
Porzellangasse 45

Verso Lieber Nachod, ich erinnere Dich an unsere Verabredungen:
1. Du verbeugst Dich nicht, sondern kleidest Dich sofort um.
2. Unten beim Bühnenausgang wird ein Automobil bereit stehen, das Dich zum Ehrbarsaal bringt.

3. Sage beim Portier er soll wenn wir ihm telefonisch Auskunft geben, ob du schon fort bist. Also sein nicht zu aufgeregt. Wenn du nur gut Acht giebst, wird es sehr gut werden und du wirst sogar Erfolg haben. Aber: ruhig sein und ruhig aufpassen. Gruss Schönberg

---

ITEM 4

PAGE	6
SIZE	10 x 6.2 (calling card)
DATE	14 January 1910
MEDIUM	Black ink

Recto   14/1.1910
Arnold Schönberg [printed]

Lieber Nachod, also: es war ja wirklich sehr gut. Ich war im Ganzen zufrieden. Du hast vieles ganz famos gesungen und das ist ja auch etwas. Ein-andermal fangen wir noch früher zu probieren an, dann wird's noch besser werden.
Herzl. Gruss Schönberg

Verso   [blank]

ITEM 5

PAGE	7-8
SIZE	14.3 x 18.5; unfolded: 18.5 x 28.3
DATE	5 or 8 January 1912
MEDIUM	Black ink

Recto   Arnold Schönberg, Berlin-Zehlendorf-Wannseebahn
Machnower Chaussee, Villa Lepcke

Lieber Nachod, es ist dringend nötig dass du nicht viel nach dem 10. Januar hierherkommst um mir die Partie vorzusingen. Denn ich muss jetzt für die Berliner Aufführung die Sänger verpflichten und deshalb müsstest du mir unbedingt die Partie fix und fertig studiert vorsingen. Ich muss dich aufmerksam machen, es ist wichtig, dass du die Partie schon Tadellos kannst und das du auch gut disponiert bist, denn (du weisst es ja?) ich bin sehr rigoros in meinen Ansprüchen und muss es sein, wo es sich um eine grosse Sache handelt noch viel mehr sein. Und da wäre es doch schade, wenn du aus solchen Gründen keinen guten Eindruck machtest. Und es stünde doch dafür, denn es ist sicher, dass derjenige der die Berliner Aufführung singen wird, auch die meisten anderen Aufführungen bekommt.

Verso Uebrigens kommst du ja auch für die Wiener Aufführung in Betracht, die am 23. Februar sein soll.

Bitte schreibe mir also umgehend, wann Du kommen kannst!

Nochmals: Du musst mir die ganze Partie vorsingen!! Denn ich muss wissen, wie das ist.

Herzl. Gruss Arnold Schönberg

ITEM 6

PAGE 9-10
SIZE 13.8 x 8.9
DATE 23 [January?] 1912
MEDIUM Black ink; red pencil; purple rubber stamp ink

Recto Photograph of "Ostseebad Carlshagen Kirchplatz."

Verso   Herrn Hans Nachod
                                     Opernsänger am Stadttheater
         bite nachsenden   Kiel

Arnold Schönberg, Berlin-Zehlendorf-Wannseebahn
Machnower Chaussee, Villa Lepcke
Kirchplatz [marked through and replaced by] Villa Concordia

L. H. zur Aufführung der Gurre-Lieder in Berlin und Wien (Fried u. Schrecker) möchte ich dich für die Tenorpartie vorschlagen. Willst du das übernehmen? Es sind ausser den Stücken, die du kennst noch 4 aus dem II u. III Theil zu lernen. Die müsstest du mit mir im Berlin, nachdem du sie gut studiert hast, durchmachen. Die Konzerte sind geplant für Mai (. . .) Wenn das aber nicht stattfindet, dann früher; nämlich Wien 23/12.1912 Berlin März 1912. Näheres erfährst du, sobald du dich gemeldet hast. Nenne auch gleich deine äussersten Ansprüche. Nicht zu hoch, denn solche Unternehmungen schwimmen nicht in Geld. Herzl. Grüsse Schönberg. Herzl. Glückwünsche zur . . .

ITEM 7

PAGE 11-12
SIZE 13 x 17.3; unfolded: 26.1 x 17.3
DATE 18 August 1912
MEDIUM Black ink; purple rubber stamp ink

Recto   Arnold Schönberg, Berlin-Zehlendorf-Wannseebahn
Machnower Chaussee, Villa Lepcke

Lieber Hans, ich habe mich über deinen sehr netten Brief gefreut.
    An Schreker habe ich schon geschrieben. Das Unternehmen ist ein auf Deficit berechnetes: ein Comité bemüht sich, die Aufführung, die Tausende kostet, zu ermässigen. Dass Du ohne Honora mitwirkst, dürfte nicht nötig sein, (sehr nett dass du dazu bereit bist) Aber sehr gross wird es wohl nicht ausfallen können. Nenne mir also vor Allem umgehend die niedrigste und die höchste Summe, die du beanspruchst. Du musst damit rechnen, wenigstens 3-4 Tagen (vielleicht mehr) in Wien zu sein.
    Nun will ich dich auch noch fragen: bist Du bereit, die Partie für alle Fälle zu studieren? Ich garantiere dir, dass du sie singen wirst. Entweder in Wien,

Verso   oder in Berlin (wo das Werk auch heuer aufgeführt werden soll) womöglich an beiden und vielen späteren Aufführungen. Vorausgesetzt natürlich, das du die Partie [lernst?] und sie so singst, wie man es von einer normalen Entwicklung annehmen darf, wenn man die Wiener-Aufführung zu Grunde legt.
    Dazu aber wäre ein Eiger Urlaub unerlässlich!! Das Wiener Datum konnte schon vor 2 Monaten nicht mehr geändert werden (12/12). Hier wirken solche Massen mit, dass man froh sein muss, Sie für (. . .) Termin beisammen zu haben (ca 600 mitwirkend).
    Sehr angenehm wäre mir, wenn du sehr bald nach Berlin kämest und die Partie mit mir durchzumachen, nachdem du sie schon gut studiert hast. Das ist äusserst nötig. Denn in Wien ist keine Zeit dazu! Ich schreibe sofort an den Verlag, dass man dir die Partie schickt. Bitte antworte umgehend. Herzl. Gruss . . . Arnold Schönberg

---
ITEM 8

PAGE	13-14
SIZE	14.2 x 9.1
DATE	7 September 1912
MEDIUM	Black ink; purple rubber stamp ink

Recto   Arnold Schönberg, Berlin-Zehlendorf-Wannseebahn
Machnower Chaussee, Villa Lepcke

Herrn Opernsänger
Hans Nachod
Kiel
Steinstrasse 22

Verso   Lieber Hans, deinen Brief habe ich wohl erhalten. In den nächsten Tagen werde ich dir hoffentlich den Auszug schicken können und antworten. Einstweilen herzlichen Gruss Schönberg 7/9.1912

ITEM 9

PAGE   15-16
SIZE   14.2 x 9
DATE   10 September 1912
MEDIUM   Black ink and purple pencil

Recto   Arnold Schönberg, Berlin-Zehlendorf-Wannseebahn
Machnower Chaussee, Villa Lepcke

Herrn Hans Nachod
Opernsänger
Kiel
Steinstrasse 22

Verso   Lieber Nachod, ich schicke dir heute die Partie des Waldemar aus den Gurre Liedern . . . abzug.
In dem Exemplar, das nicht auskorrigiert ist, mögen wohl noch Fehler sein, aber vielleicht nicht
sehr wichtige. Bitte sieh dir die Noten bald an, studiere sie und teile mir mit, wann du mir sie
vorsingen kannst. Es wird dich ja wohl interessieren, einmal einen Abstecher zu mir nach Berlin
zu machen. Herzl. Gruss Schönberg

ITEM 10

PAGE   17-18
SIZE   14.2 x 9.1
DATE   1 October 1912
MEDIUM   Black ink; purple rubber stamp ink

Recto   Arnold Schönberg, Berlin-Zehlendorf-Wannseebahn
Machnower Chaussee, Villa Lepcke

Herrn Hans Nachod
Opernsänger am Stadttheater
Kiel
Steinstrasse 22

Verso   Lieber Nachod, ich habe dir vor mehr als 2 Wochen den Klavierauszug (deine Partie) der Gurre-
Lieder geschickt. Ich ersuchte um Empfangsbeständigung! Hast du den erhalten?
Ich habe weder aus Berlin noch aus Wien Nachricht über das definitive Datum der Aufführung,
daher kann ich dir noch immer nichts sagen. Herzl. Gruss Schönberg

---

ITEM 11

PAGE	19-20
SIZE	14.2 x 9.1
DATE	28 October 1912
MEDIUM	Black ink; purple rubber stamp ink

Recto Arnold Schönberg, Berlin-Zehlendorf-Wannseebahn
Machnower Chaussee, Villa Lepcke

Herrn Hans Nachod
Opernsänger
Kiel
Steinstrasse 22

Verso Lieber Hans, die Gurrelieder sind im Wien am 18. Januar. Ich meine (wenn man einig wird) du
müsstest mindestens 3-4 Tage für Proben dort sein und 2-3 mal mit mir hier studieren. Teile mir
nun umgehend mit, ob du das könntest und welche Summe (bitte die Endsumme) du hinfür
mindestens (alles in Allem) bekommen möchtest und welche Endsumme (inklusive aller
Vergütungen) du gerne dafür haben möchtest. Schreker denkt an Berger, aber ich möchte dich
gerne durchsetzen. Jedenfalls muss ich dich sehr bald hören. Wann könntest du hierherkommen?
Ich bin zu folgenden Zeiten verreist: 31/10-5/11. 23/11-1/12. 15/12-23/12. Sonst bin ich immer
hier. Aber du musst mich trotzdem vorher verständigen! —Hast du die Partie schon ganz studiert?
Wenn ich dich in Wien durchsetze, singst du auch in Berlin. Also bitte: umgehendste Antwort,
denn jetzt ist es eilig. Herzl. Gruss Arnold Schönberg
NB Ich habe Schreker gesagt: Alles in Allem cirka 700 Mark! Ist dir das recht

---

ITEM 12

PAGE	21-22
SIZE	12.6 x 17
DATE	7 November 1912
MEDIUM	Black ink; purple rubber stamp ink

Recto Arnold Schönberg, Berlin-Zehlendorf-Wannseebahn
Machnower Chaussee, Villa Lepcke

Herrn Hans Nachod
Opernsänger
Kiel
Steinstrasse 22

Verso   Lieber Nachod, ich Eile, ich bin verreist zu folgenden Zeiten; 22/11-1/12 (das ist die Zeit zu der du kommen wolltest; das geht also nicht.)
 ferner
14/12-23/12
Auch sonst musst du aber vorher anfragen. Es könnte sein, dass ich auch in der Zwischenzeit einmal fort bin.

ITEM 13

PAGE   23-24
SIZE   14 x 9
DATE   30 December 1912
MEDIUM   Black ink; purple rubber stamp ink

Recto   Arnold Schönberg, Berlin-Zehlendorf-Wannseebahn
Machnower Chaussee, Villa Lepcke

   Herrn Hans Nachod
   Opernsänger
   Kiel
   Steinstrasse 22

Verso   Lieber Nachod, es ist mir ganz recht, wenn Du mir gegen 10. Jänner vorsingen willst. Jedenfalls musst Du mich rechtzeitig verständigen, damit ich jemanden zum Begleiten da habe. Herzl. Gruss Schönberg

---

ITEM 14

PAGE   25-26
SIZE   14 x 9
DATE   15 January 1913
MEDIUM   Black ink; purple rubber stamp ink

Recto   Arnold Schönberg, Berlin-Zehlendorf-Wannseebahn
Machnower Chaussee, Villa Lepcke

Herrn Hans Nachod
Opernsänger
Kiel
Steinstrasse 22

Verso Lieber Nachod, die Wiener Aufführung findet doch statt. Und zwar am 23 Februar. Du kommst also, wenn du mir die Partie in einer Woche zur Zufriedenheit vorsingst auch dort in Betracht. Ich kann dich mit Wärme und Entschiedenheit erst dann empfehlen, wenn ich dich gehört habe. Theile mir also sofort mit wann du kommst. Womöglich noch diese Woche, denn jetzt ist es für mich dringend, mich zu entscheiden.
Herzl. Gruss Schönberg
15/1.1913

ITEM 15

PAGE   27-28
SIZE   15 x 10
DATE   20 January 1913
MEDIUM Black ink; purple rubber stamp ink

Recto Arnold Schönberg, Berlin-Zehlendorf-Wannseebahn
Machnower Chaussee, Villa Lepcke

Herrn Hans Nachod
Kiel
Steinstrasse 22

Verso Lieber Hans, ich habe dich heute—vergebens—erwartet. Wann kommst du? Es ist äusserst dringend! Du weisst es handelt sich um die Wiener Aufführung—500 Mark—die am 23. Februar ist. Und ich muss mich jetzt entscheiden. Komme also sofort.
Herzl. Gruss Arnold Schönberg

ITEM 16

PAGE   29-30
SIZE   15 x 10
DATE   21 January 1913
MEDIUM Black ink; purple rubber stamp ink

Recto   Arnold Schönberg, Berlin-Zehlendorf-Wannseebahn
Machnower Chaussee, Villa Lepcke

                Herrn Hans Nachod
                Opernsänger
                Kiel
                Steinstrasse 22

Verso   L. H. Dein "Expressbrief" ist bis jetzt nicht gekommen. Jedenfalls muss ich dir sagen: ich muss mich unbedingt jetzt entscheiden. Es ist keinesfalls Zeit, bis Ende der Woche zu warten. Wenn du nicht früher kommen kannst muss ich für Ersatz Sorge tragen. Besten Gruss Schönberg
Eben kommt dein Brief, der mich keineswegs beruhigt. Denn es dauert immerhin nachdem du da bist gering eine Woche, bis ich bestimmt sagen kann, ob du die Partie stimmlich und musikalisch beherrscht. Ich habe also grösste Eile und muss mich sichern.

ITEM 17

PAGE   31-32
SIZE   14 x 9
DATE   12 February 1913
MEDIUM Pencil

Recto   Schönberg
Zellendorf Mitte

                Herrn Hans Nachod
                Kiel
                Steinstrasse 22

Verso   Lieber Nachod, ich bin schon morgen (Donnerstag) in Wien. Es ist daher zwecklos, wenn du Samstag dich in Berlin aufhältst. Herzl. Gruss Schönberg
Lass was von dir hören! [this sentence is written upside-down] Da sehen wir uns also am Samstag nicht! Schade! Herzliche Grüsse Deiner lb. Frau, Onkel Franz & Dir. Dein Heinrich.

NOTE: "Lass was von dir hören! . . ." added by Arnold's brother Heinrich.

ITEM 18

PAGE   33-34
SIZE   14.1 x 9
DATE   19 February 1913
MEDIUM Black ink; blue and purple pencil

Recto   Schönberg
Alserstr. 20
Pension Neubauche
Telefon 3181/
59

Herrn
Hans Nachod
pr adv.   Vastag
Rohrpost   VI
Gumpendorferstr. 94

Verso   Lieber Hans, ich sehe du hast alles vergessen. Hoffentlich nicht auch deine Partie!! Jedenfalls müssten wir sofort probieren und deshalb bitte ich dich <u>zuverlässig</u> (du kannst wirklich einmal im Leben zuverlässig sein!!!) um 16 Uhr bei mir in der Pension sein. Um 1/2 8 Uhr abends haben wir dann bei Schreker Probe (Schönbrunnerstr. 12) Bitte sei also pünktlich. Wenn ich aus irgend einem Grund verhindert sein sollte, hinterlasse ich dir in der Pension Post. Deshalb ist es gut wenn du um 4 Uhr anfragst (telefonisch) ob ich nichts hinterlassen habe. Also: Schönen Gruss Schönberg

---

ITEM 19

PAGE   35
SIZE   13.1 x 17.5
DATE   3 March 1913
MEDIUM   Black ink

Recto   Arnold Schönberg, Berlin-Zehlendorf-Wannseebahn
Machnower Chaussee, Villa Lepcke
3/3.1913

Lieber Nachod, na also: es ist ja ganz gut gegangen und ich freue mich sehr, dass du auch Erfolg gehabt hast. Bei der Wiederholung wirst du dann wohl noch etwas kouragierter sein und dann wird dein Erfolg noch grösser werden. Du hast jedenfalls eine Reihe von Stücken sehr schön gesungen und wenn dir einiges noch ein bis[s] chen ansiehst, wird auch das gut werden.
    Jedenfalls wirst du auch bei der Berliner-Aufführung singen, die am 22. u. 23 Mai sein dürfte. Näheres in den nächsten Tagen Du musst mir dann wieder einige Tage zur Verfügung stehen. Dann kriegen wir noch mehr heraus. Lasse hören, was du machst!
    Ich will dir noch danken für den Lorbeerkranz! Wie seid ihr auf diese Idee gekommen? Herzliche Grüsse dein Arnold Schönberg

---

ITEM 19a

PAGE   35-36
SIZE   13.7 x 9.5
DATE   4 March 1913
MEDIUM   Black ink; purple pencil; purple rubber stamp ink

Recto   Herrn Hans Nachod
                       Opernsänger
                       Kiel
                       Steinstrasse 22 [marked out and replaced by]
                       Hospitalstr. 4

Verso   Arnold Schönberg, Berlin-Zehlendorf-Wannseebahn
                       Machnower Chaussee, Villa Lepcke

ITEM 20

PAGE   37
SIZE   15 x 19.2
DATE   22 April 1913
MEDIUM   Black ink; purple rubber stamp ink

Recto   Arnold Schönberg, Berlin-Zehlendorf-Wannseebahn
          Machnower Chaussee, Villa Lepcke
          22/4.1913

Lieber Nachod, die Wiener Gurrelieder Aufführung wurde verschoben — hat man dich nicht
verständigt? Die Berliner werde auf Montag den 2. Februar 1914 umgesetzt. Generalprobe
1. Februar. Du müsstest aber schon am 28. Jänner zur Probe da zein, weil das die vorletzte ist
und ich dann kaum mehr mit Dir die Sache durchmachen könnte.

    Da die Kosten unerhört hoch sind, könnte ich Dir zunächst nicht mehr als 300 Mark zusagen.
Sollte etwas hereinkommen, so würde ich eventuell 500 geben. Das ist aber höchst
unwahrscheinlich. Denn selbst wenn alles ausverkauft ist, sind trotz des Garantier . . .s knapp
die Kosten gedeckt. Vielleicht findet eine Wiederholung statt. Dann geht es eventuell.

    Wo bist du nächstes Jahr?
    Schreibe mir umgehend. Herzl. Gruss Schönberg

ITEM 20a

PAGE   37-38
SIZE   15.5 x 10.3
DATE   Postmark missing
MEDIUM   Black ink; purple rubber stamp ink

Recto   Herrn Hans Nachod
                            Kiel
                            Hospitalstrasse 4

Verso   Arnold Schönberg, Berlin-Zehlendorf-Wannseebahn
                            Machnower Chaussee, Villa Lepcke
                            [stamped up-side down]

ITEM 21

PAGE   39-40
SIZE   13.8 x 8.8
DATE   5 August 1913
MEDIUM   Black ink; purple pencil; purple rubber stamp ink

Recto   Photograph of the Salon Dampfer "Freia"

Verso   Arnold Schönberg
          Berlin-Südende
          Berlinerstr. 17a,1.
          Tel.: Tempelhof 174
          Göhren auf Rugen
          Burg Wiedleck

                            Herrn Hans Nachod
                            Opernsänger
                            Kiel
                            ~~Steinstrasse 22~~ [marked out and replaced by]
                            Hospitalstr. 4

          L. H.
          Möchtest du mir nicht wenigstens deine Adresse sagen? Ich bin bis 10/8. hier. Vielleicht kannst
          du auch hier noch besuchen? Herzl. Gruss Schönberg

ITEM 22

PAGE	41-42
SIZE	14.2 x 9.1
DATE	22 August 1913
MEDIUM	Black ink; purple rubber stamp ink

Recto Arnold Schönberg
Berlin-Südende
Berlinerstr. 17a,1.
Tel.: Tempelhof 174

     Herrn Hans Nachod
     Opernsänger
     Kiel
     Hospital Str. 4

Verso Lieber Nachod, du musst nicht meinethalben für Leipzig allein ein niedriges Honora verlangen
(Denn mir wäre es lieber, du bekämest ein Solches, dass du mir auch zwei Wochen zum probieren
zur Verfügung stehst. Uebrigens werde ich dich jedenfalls bitten, die Partie mit mir wieder
ordentlich durchzumachen.) — Allein wenn Dresden und Berlin dazu kommen, ist ja die Sache nicht
so knapp. — Was ist denn mit Deinem Process? Wieso kommt das? Herzl. Gruss Schönberg
22/8.1913

ITEM 23

PAGE	43-44
SIZE	14.1 x 9
DATE	11 February 1914
MEDIUM	Black ink; purple rubber stamp ink

Recto Arnold Schönberg
Berlin-Südende
Berlinerstr. 17a,1.
Tel.: Tempelhof 174

     Herrn Hans Nachod
     Opernsänger
     Dresden
     Grünauerstr. 20-III

Verso   Lieber N. es ist nötig, dass du zwischen dem 19 und 25, oder 27 und 31. März auf ein Paar Tage nach Berlin kommst um mit mir deine Partie durchzumachen! Teile mir gleich mit, wann du kannst. Weisst du noch etwas von deiner Partie? Kannst du sie nicht stimmlich (aber nur stimmlich, D.h: er soll dir sagen wie man das macht, was ich will) mit Iffert durch nehmen.
Herzlichen Gruss Schönberg
11/2.1914

ITEM 24

PAGE   45-46
SIZE   14.1 x 9
DATE   15 February 1914
MEDIUM   Black ink; purple pencil; purple rubber stamp ink

Recto   Herrn Hans Nachod
                                 Opernsänger
                                 Kiel
                                 ~~Hospitalstr. 4~~ [marked out and replaced by]
             nachsenden   ~~Grünauerstr.~~ [marked out and replaced by]
                                 Spottenauerstr. 59

Verso   Arnold Schönberg
          Berlin-Südende
          Berlinerstr. 17a,1.
          Tel.: Tempelhof 174

          Lieber Nachod, ich habe Dir nach Dresden geschrieben, bin aber ohne Antwort. Wenn du noch darauf reflektierst am 6. März in Leipzig zu singen, dann gibt mir umgehend Antwort, wann du zwischen 20. und 25 Februar, oder 27 und 30 Februar [sic] für 3 Tage zu mir kommen kannst, deine Partie zu studiern. Besten Gruss Schönberg

---

ITEM 25

PAGE   47-48
SIZE   14.1 x 9
DATE   17 February 1914
MEDIUM   Black ink; purple rubber stamp ink

Recto　Arnold Schönberg
　　　　Berlin-Südende
　　　　Berlinerstra. 17a,1.
　　　　Tel.: Tempelhof 174

　　　　　　　　　　　　Herrn Hans Nachod
　　　　　　　　　　　　Opersänger, pr Adr. Prof. Aug. Iffert
　　　　　　　　　　　　Dresden
　　　　　　　　　　　　Kötzschenbroda
　　　　　　　　　　　　Grenzstrasse 32

Verso　Lieber Nachod, ich bin am 18 u. 19. in Leipzig. Am 19 (Donnerstag) bin ich den ganzen
　　　　Nachmittag frei. Könntest du da nich hinüber kommen um mit mir zu probieren? – Wenn
　　　　nicht, so müsstest du am 27. Nachmittags und am 28 mit mir probieren. Dann am 28.
　　　　Abends fahre ich schon nach Leipzig. – In Leipzig wohne ich diesmal Hotel Continental (beim
　　　　Hauptbahnhof). Kannst du nicht eventuell am 20. in Berlin sein? Schreibe mir nach Leipzig.
　　　　Herzl. Gruss Schönberg
　　　　17/2.1914　　　　　　　　　　　　　Empfehl mich Prof. Iffert
　　　　eventuell Telegramm　　　　　　　　der sich vielleicht noch an mich
　　　　　　　　　　　　　　　　　　　　　erinnert (bei Savarl in Wien)

ITEM 26

PAGE　49
SIZE　24.2 x 20
DATE　24 February 1914
MEDIUM　Telegram, typed and blue pencil

Recto　bft = hans nachod
　　　　ritzenbergstrasze 5, bei
　　　　schneider dresden =

　　　　berlin 9+ 68 10/45 =

　　　　du musst unbedingt am 27. nachmittags bei mir sein, weil ich am 28. um 3 uhr schon fuer die
　　　　ganze zeit zu den orchester und chorproben nach leipzig fahre. auch rechne ich darauf, dass
　　　　du schon am 2. vormittags mir in leipzig zu klavierproben zur verfuegung stehst und dann schon
　　　　ganz da bleibst. das alles ist unerlaeszlich.= gruss schoenberg +

ITEM 27

PAGE	50
SIZE	22.2 x 25.3
DATE	5 June 1914
MEDIUM	Black ink; purple rubber stamp ink

Recto Arnold Schönberg
Berlin-Südende
Berlinerstr. 17a,1.
Tel.: Tempelhof 174
5. Juni 1914

Lieber Nachod, dein "aufklärender" Brief kam leider zu spät. Da hast du diesmal Pech gehabt,
was mir sehr leid tut, aber ich kann nichts daran ändern.
Als mein Brief vom 16. April (!) weder beantwortet wurde noch (obwohl er meine
Rückadresse hatte!!) retour kam, nahm ich an du seist mit den Bedingungen, die ich dir stellte [,]
nicht einverstanden und gibst mir das durch Schweigen zu verstehen. Wenn du nun also wirklich
diesen Brief nicht bekommen hast, so ist das ein Pech, für das ich nicht verantwortlich bin. — Ich
musste also die Partie anderweitig regeln und das ist längst . . . . Es tut mir wie gesagt sehr leid.
Wenn ich es noch ändern kann, werde ich es tun und vielleicht versuchen, dir eine der beiden
Aufführungen zu verschaffen. Es ist aber wenig Aussicht vorhanden. Du musst dich damit
trösten, dass du Pech gehabt hast. Wenn eine andere Aufführung mir bekannt werden sollte,
werde ich dich empfehlen. Aber sage mir immer rechtzeitig deine Adresse. Mein ganzes
Adressbuch ist voll mit Adressen von dir, die nicht mehr gelten. Herzl. Gruss Schönberg

---

ITEM 27a

PAGE	51-52
SIZE	14.6 x 11
DATE	5 June 1914
MEDIUM	Black ink; purple rubber stamp ink

Recto Herrn Hans Nachod
Dresden
Pragerstr. 24/III
bei Roth

Verso Arnold Schönberg
Berlin-Südende
Berlinstr. 17a,1.
Tel.: Tempelhof 174

ITEM 28

PAGE 53-54
SIZE 14.2 x 9
DATE 5 April 1917
MEDIUM Black ink; purple rubber stamp ink; blue pencil

Recto Arnold Schönberg
Wien, XIII
Gloriettegasse 43
Tel. 84373

Herrn Hans Nachod
Opernsänger
Prag II
Chodskagasse 26

Verso L. Hans, herzlichen Glückwunsch zu deinem Erfolg, der mich freut. Beste Grüsse auch, Deiner
Frau Dein Arnold Schönberg
5/4.1917

ITEM 29

PAGE 55
SIZE 22.2 x 29.1
DATE 3 March 1921
MEDIUM Black ink; purple rubber stamp ink

Recto Arnold Schönberg
Brederodestraat 65
Zandvoort Holland
3. März 1921

Lieber Nachod, Trudi richtet mir in deinem Auftrag aus, dass du vielleicht zwei Tage später
kommen willst, als ich bedingen hatte. Das wäre also Mittwoch. Da Freitag jedoch die öffentliche
General (-) probe ist, ich Mittwoch vorm Orch-, abends: Chor-probe habe, nachmittags die . . .
gesangs . . . Donnerstag ebensoviel zu tun habe, ist das ganz unmöglich. Du musst spätestens Montag
mit mir probieren! Sonst hat es gar keinen Zweck und wäre auch sehr gefährlich, da hier ein junger
Tenor ist mit schöner Stimme, wenn auch Anfänger: Holländer (!) der sehr [geriegiert] wird und den
manche gerne in den Gurreliedern auftreten liessen, der auch die Partie bereits studiert hat!!!
   Also: die Situation ist ernst und ich kann nichts unmögliches leisten!
   Schreibe mir sofort, dass du kommst; es hat sehr verstimmt, als ich deine Absicht zwei Tage
später zu kommen hier mitteilte. Besten Gruss Schönberg

ITEM 29a

PAGE   56-57
SIZE   15.6 x 12.5
DATE   None, the stamp has been cut off
MEDIUM   Black ink

Recto   Aan de Wel-Ede [——]
                                 Herrn Hans Nachod
                                 Praha II
     express retour   Ve Smečkach 34
                                 Tsecho-Slowakij

Verso   A. van Schoenberg
                                 Zandvoort Holland
                                 Brederodestr. 65

ITEM 30

PAGE   58
SIZE   22.2 x 14.5
DATE   13 [——]
MEDIUM   Blue pencil; purple rubber stamp ink

Recto   Lieber Nachod, bitte übergebe der Trudi diesen Brief, unerklärlicherweise ist dieser ganze
          gegenseitige Korrespondenz verschwunden. Deshalb sende ich diesen Brief an deine Adresse.
          Gebe ihr ihn bitte sofort. . . . Geld wechseln und . . . (Reise)
              Ich erwarte dich, wie ursprünglich verabredet: spätestens Montag. Der Strate ist ein Esel.
          Herzl. Gruss Schönberg

          Arnold Schönberg
          Brederodestraat 65
          Zandvoort Holland

ITEM 30a

PAGE | 59-60
SIZE | 12.6 x 15.6
DATE | 13 [——]
MEDIUM | Black ink; purple rubber stamp ink

Recto Herrn Hans Nachod
Praag II
Ve Smeckach 34

Verso Arnold Schönberg
Brederodestraat 65
Zandvoort Holland

ITEM 31

PAGE | 61
SIZE | 17 x 20.7
DATE | 1 August 1922
MEDIUM | Blue pencil

Recto 1.VIII 1922

Lieber Nachod, ich habe voriges Jahr dem hiesigen Pfarrer ein Wohltätigkeitskonzert zugesagt (für neue Kirchenglocken) und soll dieses Versprechen . . . 12:18 VII einlösen. Ich wusste leider deine Adresse nicht und entschloss mich endlich dir durch Heinrich zu schreiben.

Könntest du mitwirken? Allerdings (. . .) gar keine Entschuldigung, bloss Unterkunft.

Datum 12.VIII (womöglich) eventuell 15-16 17 oder 18/VIII. Programm: einfach aber geschmacklos . . . Ich müsste es aber sofort wissen. Darum bitte ich dich, zu telegrafieren.

Ich habe dich für die Drierberger Gurre-Lieder Aufführung vorgeschlagen. Hat man dich gefragt? Wie gehts?

Gruss Deiner Frau

Herzl. Grüsse

Arnold Schönberg

ITEM 31a

PAGE   62-63
SIZE   15.7 x 12
DATE   2 August 1922 and 3 August 1922
MEDIUM   Black ink; purple pencil; pencil

Recto

Herrn Hans Nachod
Opernsänger von Deutschen Landes-Theater in Prag derzeit
~~Rekawinkel~~
~~pr Adresse v. Sklosy~~   [marked out and replaced by]
~~Nieder Oesterr~~
Wien II
Gumpendorferstra. 94

Verso   Gruss, Kuss an alle Mutter, Alfred Tachmann's Brief soeben gekommen weitere Nachricht folgt
Wir sind alle gesund.

NOTE: "Gruss, Kuss an alle Mutter, . . ." added in another hand.

ITEM 32

PAGE   64
SIZE   13.4 x 21
DATE   12 December 1930
MEDIUM   Black ink; printed letterhead in blue; red rubber stamp ink

Recto   Arnold Schönberg
~~Charlottenburg 9~~
~~Nussbaum-Alee 17~~
~~Tel: Westend 2266~~

Arnold Schönberg
Berlin W 50
Nürnberger Platz 3
Tel. B4 Bavaria 4466

12.XII 1930

Lieber Nachod, herzlichsten Dank für deinen Brief. Es ist schade, dass wir uns nicht sprechen
konnten. Mündlich wäre da manches einfacher gewesen.
    Ich habe dem Görgi deinen Brief geschickt und ihm aufgetragen, zu Dir zu gehen. Ich wüsste
nun gerne, ob er das getan hat und mit welchem Ergebnis. Es ist sehr schwer mit dem Burschen.

Er bildet sich alle Künste ein, ohne eine ordentlich zu erlernen. Jedenfalls aber muss er endlich etwas verdienen. Er kann ja nebenbei noch etwas anderes tun!

Kommst Du irgendwann nach Berlin? Ich komme nicht so bald nach Wien. Jedenfalls würde ich gerne mit dir darüber sprechen.

Wenn Du Görgi (. . .) irgendwie brauchen könntest, wäre mir das sehr angenehm.

Viele herzl. Grüsse Dein Schönberg

ITEM 33

PAGE 65
SIZE 14.3 x 9.5
DATE 9 May 1932
MEDIUM Printed black ink

Recto

Gertrud und Arnold Schönberg
besitzen seit 7. Mai, 9 Uhr 10
eine Tochter namens
Dorothea Nuria
Barcelona, 9. Mai 1932

ITEM 33a

PAGE 66-67
SIZE 14.6 x 10.8
DATE 9 May 1932
MEDIUM Black ink; blue pencil

Recto

Herrn Hans Nachod
Wien II
Taborstrasse 1

Verso

Schönberg
Berlin
Nürnbergerplatz 3

ITEM 34

PAGE   68
SIZE   21.1 x 27
DATE   18 September 1933
MEDIUM   Typewritten in black ink, signature and corrections in black ink

Recto   Arnold Schoenberg
Villa Stresa
Avenue Rapp
Arcachon (Gironde)
18.IX. 1933

Herrn Hans Nachod
Wien, II. Taborstrasse 1

Lieber Hans, du hast vielleicht davon gehört, dass ich mich mit der Ansicht trage, das Judentum zu einer gemeinsamen Aktion zu einigen. Ich habe in dieser Sache noch nicht viel unternommen, weil vom richtigen Anfang fast alles abhängt. Neuerdings halte ich es für sehr wahrscheinlich, dass ich doch zuerst den Weg einer eigenen Presse werde gehen müssen. Eine Geldfrage: sonst würde ich lieber als Versammlungsredner reisen. Selbstverständlich möchte ich gerne mit einer grossen Tageszeitung beginnen. Aber wenn ich selbst mit einer Wochenschrift anfange, bedeutet das wohl nur einen Zeitverlust. Schliesslich kann man je nach dem Erfolg dann eher oder später vergrössern.

Ich denke nun, dass du möglicherweise den Bekanntenkreis hast, um eine solche Sache auf die Beine zu stellen. Vielleicht kennst du Verleger oder Geldleute oder Idealisten, die die Notwendigkeit einer solchen Aktion begreifen. Ich habe leider zur Konferenz für den jüdischen Weltkongress zu der ich eingeladen war, nicht kommen können. Aus einem komischen Grund: meine Bank hatte meinen Pass nicht rechtzeitig retourniert. Ich hatte vor, dort einiges von meinen Plänen zu entwickeln und mich in eine der Spezialkommissionen wählen zu lassen. Nun muss ich wohl bis zum Kongress selbst warten.

Meine Zeitung soll (womöglich von allem Anfang an) in Deutsch, Jiddisch und Hebräisch, wenn es geht auch in anderen Sprachen, insbesondere Englisch, Französisch und Russisch, herausgegeben werden. Man sollte es dann für möglich halten, dass sich aus dem Mitarbeiterkreis heraus Interessenten finden könnten, die für meine Ideen zu gewinnen wären. Schreibe mir recht bald (ich bleibe noch etwa 10 Tage hier; aber du erfährst meine Adresse immer durch die Universal Edition) deine Meinung über die Aussichten, die sich in Wien für eine der Sprachen oder vielleicht für das Ganze zeigen. Herzlichste Grüsse

Arnold Schoenberg

Wie gehts? Lasse doch etwas von dir hören. Näheres über mich können dir meine Wiener Freunde, oder Trudi erzählen.

ITEM 34a

PAGE 69-70
SIZE 14 x 11.3
DATE illegible
MEDIUM Typed black and red ink; pencil in another hand

Recto
Herrn Hans Nachod
II. Taborstrasse 1
Vienne

Autriche

Verso
Paris: Hotel Regina
Place de Pyramide

Arnold Schoenberg
Villa Stresa
Avenue Rapp
Arcachon (Gironde)

ITEM 35

PAGE 71
SIZE 21 x 27.1
DATE 7 October 1933
MEDIUM Brown ink

Recto
Hotel Regina
Place des Pyramides
Paris 7.X.33

   Lieber Hans, ja, es ist richtig, ich reise zwischen 18. und 25. Oktober nach Boston. Aber das ändert nichts daran, dass ich die Pläne, die ich dir angedeutet habe (und die du scheinbar missverstanden hast - ich habe nie gesagt, dass ich Zionist bin, sondern, dass ich ein jüdische Einheitspartei gründen will) dort weiter verfolge. Ich hatte von allem Anfang andre Absicht, meine Zeitung in wenigstens 2-3 Sprachen: Deutsch (Französisch oder Englisch) und Jiddisch und Hebräisch herauszugeben. Die Deutsche Ausgabe würde ich ja dann verständlich [?] selbst machen und die könnte in Oesterreich erscheinen, wo es ja genug Juden gibt. Es ist meine Absicht, sofort, wie ich nach Amerika komme, auch dort Versuche zu machen. Ob sie gelingen, weiss ich nicht.
   Du wolltest gerne meine Pläne kennen lernen. Das kann ich ja gerne tun. Also:

Mein Hauptplan besteht darin, meine Pläne, alle, gegen <u>jedermann</u> geheim zu halten. Wenn du etwas erreichst, so schreibe mir gleich, denn ich fange bestimmt sofort an. Viele Grüsse an Dich u. Deinen Bruder. besten Dank für seine und Seiner Frau Grüsse. Dein

Arnold Schoenberg

ITEM 35a

PAGE	72-73
SIZE	14.5 x 11
DATE	7 October 1933
MEDIUM	Black ink

Recto

Herrn Hans Nachod
III. Salesianergasse 7
Vienne

Autriche

Verso

Arnold Schoenberg
Hotel Regina
Place des Pyramides
Paris

ITEM 36, 36a, 36b

PAGE	74-76
SIZE	21.6 x 35.5
DATE	November 1934
MEDIUM	Mimeographed in black ink

Recto   Ich habe vor Allem zu erklären, warum ich erst so spät meinen Dank sage, für die vielen Gratulationen zu meinem sechzigsten Geburtstag. Vorerst aber, dass ich mich ausserordentlich über alles freuen konnte und trotzdem, dass wir diesen Tag ohne jede Feierlichkeit, ganz ohne Gäste verbrachten, vollauf befriedigt war. Trude [*sic*] und Nuria als erste Gratulanten, dann die vielen Telegramme, Briefe und die fabelhafte Festschrift: all das machte mir viel mehr Freude, als die Oeffentlichkeit mir je bereiten könnte. Obwohl ich allerdings nicht vergessen werde, wie mir seinerzeit die Feier der Stadt Wien und die Rede des heute so unglücklichen Bürgermeister Karl Seitz wohlgetan hat und ich besonders diesem über allem Parteibekenntnis hinaus achtenswerten Mann gerne heute ein Zeichen meines Dankes hätte geben wollen.

Am 13. September hatten wir bereits unsere Reisegepäckstücke zum Teil gepackt. Einige Zeit vorher schon waren wir zur Ueberzeugung gekommen, dass es am Besten für mich wäre, nach Hollywood, resp. Nach Californien zu gehn und in den letzten Augustwochen fassten wir definitiven Entschluss. Ich will nun einen kleinen Ueberblick über mein am 31. Oktober abgelaufenes erstes Amerikanisches Jahr geben.

Ich kann nicht verschweigen, dass es an Enttäuschungen, Aerger und Krankheit manches übertroffen hat, was ich bisher mitgemacht habe. Die erste Entäuschung [sic] hatten wir ja bereits in Paris, als sich gar nichts meldete auf die Nachricht, dass ich Berlin verlassen musste und als wir mit ziemlicher Sorge einem sehr peinlichen Winter in Frankreich entgegensahen. Ich hatte ja von der Goldigkeit der Berge, die mir um diese Zeit geboten werden könnten längst nicht mehr die Erwartung, die ein amerikanisches Engagement früher erweckt hatte. Aber immerhin: als mir das Malkin Konservatorium etwas weniger als ein Viertel von dem anbot, was ich als Entschädigung für meine Berliner Gage, als Minimum also; angesehen hatte, war ich doch bereits mürbe genung [sic] um nach wenigen Stunden Bedenkzeit dieses einzige Angebot anzunehmen. Um nur wichtigeres zu erwähnen, war die nächste grosse Enttäuschung, als ich entdeckte, dass ich aus Uebersehen zugestimmt hatte für den gleichen Betrag nicht nur in Boston, sondern auch in New York zu unterrichten: eine nachträglich gestellte Forderung, deren Tücke ich übersah. Diese Reisen in jeder Woche, waren die Hauptursache meiner Krankheit. Dann: Unterwegs von Washington nach Boston fragte ich Malkin, wie das Orchester des Konservatoriums sei und sah dann in Boston eine kleine Musikschule mit vielleicht 5-6 Klassenzimmern. Die Schule war in der Hoffnung auf mich gestellt, aber viel zu spät in der Oeffentlichkeit angekündigt, verlangte ausserdem Honorare, die mehr als das doppelte des in der Depressions Zeit erreichbaren betrugen und stand in einem Kreuzfeuer von Intriguen aus Brotneid und Kunsthass, sodass ich insgeamt [sic] in Boston und New York zusammen 12-14 Schüler, darunter vollkommene Anfänger, hatte. Es gab auch Erfreuliches. Die League of Composers veranstalte ein Konzert (allerdings nur Kammermusik!) und einen sehr grossen Empfang, bei welchem angeblich 2000 Personen anwesend waren, von denen ich sicher 500 Hä[n]de zu schütteln hatte und das Protektorenkomité hat angeblich alles enthalten, was in New York an Kunst (irgendwie) interessiert ist. Bald daruf [sic] gab es dann noch einen zweiten ebenfalls sehr rummelvollen Empfang, aber ich kann mich nicht erinnern, wer ihn gemacht

Der Unterricht selbst machte mir Freude. Die Vorbildung auch der reiferen Schüler war sehr dürftig, aber immerhin hatte ich zwei wirklich Begabte und einige ziemlich Begabte. Ausserdem hatte sich in mir in den letzten Monaten soviel neuen Stoffes angehäuft, dass ich imstande war, den Schülern wirklich sehr viel sagen konnte, was ihnen gänzlich unbekannt war und sie aufs Höchste überraschte. - In Boston hatte ich ein Konzert mit dem dortigen Symphonie Orchester, welches ausserordentlich gut ist. Dort traf ich auch Pollatschek. Der ständige Dirigent ist Serge Kussevitzky, früher reisender Kontrabassist, der zehn Jahre lang, seit er eben dort ist, nicht e i n e Note von mir gespielt hat. Meiner festen Ueberzeugung nach ist er so ungebildet, dass er nicht einmal Partiturlesen kann. Jedenfall [sic] erzählten mir auch Orchestermusiker, dass er zwei Klavierspieler engagiert hat, die ihm jedes neue Stück vierhändig sooft vorspielen, bis er es kennt. Dann aber hält er nicht die Proben alle selbst, sondern lässt den Konzertmeister vorprobieren und sitzt in einem, wie er meint, dunkel Eck und dirigiert mit. Wie überall auf der Welt, so gibt es auch hier viel Charlatane. Beim ersten Versuch, nachdem ich die Quasi-Generalprobe in Cambridge (einer mit Boston verbundenen Kleinstadt) bereits dirigiert hatte das Konzert in Boston zu dirigieren, Freitag, 12.I. 1/2 3 Uhr nachmittags, hatte ich Lift unseres Hauses einen Hustenanfall, bei dem mir irgend etwas riss, wodurch ich so heftige Schmerzen im Rücken und in Der [sic] Brust bekam, dass ich mich nicht bewegen konnte, obwohl ich bandagiert war. Ich war schon seit den ersten Decembertagen [sic], sobald das schlechte Wetter einsetzte krank gewesen, half mir mit offenbar schädlichen Medikamenten immersoweit darüber hinweg, dass ich halbwegs meine Verpflichtungen erfüllen konnte. Denn das Klima ist dort sehr arg und war es in diesem Winter besonders. Innerhalb 12-24 Stunden sinkt die Temeratur [*sic*] um 60 und mehr Grade Fahrenheit, das sind 34 Celsius Grade. Als es dann im März immer wieder solche Temperaturstürze gab und ich einen abscheulichen Asthmaanfall gehabt hatte, der aber diesmal verschärft wurde durch eine Irritierung des Herzens (der Arzt gab mir Jod gegen den Husten, obwohl ich ihm sagte mir keines zu geben, da es aber ausserdem iodine heisst, haben wir es nicht erkannt: Jod stopt [*sic*] nämlich die Krankheit, ohne sie zu heilen, deshalb bricht sie bald daruf wieder aus. Ausserdem aber hat es mir meinen Magen so verdorben, dass ich wenigstens zwei Monate überhaupt nichts anderes essen konnte als schwachen Tee, Schinken und toast. Und das Herz war davon angegriffen.) Ich musste mich dann April, Mai und Juni sehr schonen, erholte mich aber den Sommer über in Chautauqua sehr rasch, doch nicht so, dass ich einen zweiten Winter in der Gegend von New York hätte riskieren können. Mein Engagement bei Malkin war Ende Mai abgelaufen und obwohl sich überall Interesse (überall, ausgenommen bei den Herrn Dirigenten) für mich zeigte und man mich als Lehrer zu gewinnen trachtete (ich habe bisher nicht weniger als fünf angebote [*sic*] ablehnen müssen) so kam doch keines, das mir eine Sicherheit bot, oder sie waren in New York und Chicago, wo ich nicht leben könnte. – Staunenswert wenn auch nur anfangs, fand ich dagegen die Haltung der Kapellmeister, Stock in Chicago ausgenommen. Butter ist hier noch billiger, als Kunsturteile und es kommt daher auch eine grosse Menge auf den Kopf, wo man sie auch infolgedessen hat. Die Ration der Kulturträger, insbesondere aber der Kapellmeister scheint besonders gross zu sein, da sie ja die Verantwortung haben, zu der man sie ziehen könnte: wozu man sie sonst zöge, bliebe unerfindlich. Die haben höchstens die Verklärte Nacht oder eine Bach-Bearbeitung von mir gespielt, die meisten aber überhaupt keine Note. Dagegen wird viel Stravinsky, Ravel, Respighi u.v.a. gespielt. Es ist nicht viel anders als in Europa: ich habe auch hier eine ganz grosse Anzahl von-ja wie soll ich sie nennen? Anhänger kann man nicht gut sagen, denn es ist fast nur künftiger Abfall, aber es sind immerhin solche, die es erst werden, bis die Gelegenheit günstig ist. Trotzdem kann ich sagen, dass das Interesse für mich erst im Erwachen ist. Die jüngeren Menschen sind alle sehr für mich und allgemein ist die Meinung, dass ich "im Kommen" bin. Aber nicht für Leute, wie Walter und Klemperer. Klemperer spielt hier selbstverständlich Stravinsky und Hindemith, von mir aber keine Note, ausser Bach-bearbeitungen [*sic*] . Und Walter war ja immer (ich muss aus Vorsicht sehr bitten, diese meine Aeusserungen als d u r c h a u s   p r i v a t anzusehen und zu verhindern, dass sie in die Oeffentlichkeit oder gar in die Presse kommen. Ich könnte den Kampf gegen diese Mächte auf dieser Basis heute nicht bestehen: aber ich werde ihn auf einer anderen Basis sicherlich zu ende führen!) Walter also ist ein grossartiger Dirigent (privat aber ist er immer ein widerliches Schwein gewesen und mir wird immer übel, wenn ich an ihn denke: ich vermeide es also nach Kräften.

Los Angeles (Hollywood ist quasi ein Floridsdorf oder Mödling von Los Angeles, nur mit dem Unterschied dass hier diese schönen Filme hervorgebracht werden, deren höchst ungewöhnliche Vorgänge und wundervollen Klang ich so sehr liebe - bekanntlich) ist, was meine Musik anbelangt ein volkommen unbeschriebenes Blatt. Hie und da hat einer (Goossens, Rodzinsky, Slonimsky) einen Versuch mit meiner Musik gemacht, aber ohne anderen Erfolg, als dass das Publikum nur noch mehr in seiner Abneigung gegen neue Musik befestigt wurde. Schuld sind, wie überall, die Kapellmeister. Denn zum Beispiel in San Francisco hat das Philharmonische Orchester in 25 Jahren nicht eine Note gespielt: man merke sich den Namen Alfred Hertz!! Alle diese Herren, vom Feldwebel abwärts (es gibt nur abwärts) nenne sich konservativ, was ich so erklärte: sie haben nichts anderes zu bewahren, zu konservieren, als, als ihre eigene Unfähigkeit, Unwissenheit und Feigheit: die bewahren sie, dass niemand sie erkennen kann. – Ich habe aus diesem Grund auch abgelehnt hier und in San Francisco Konzerte zu dirigieren, denn ich möchte die Schuldigen der Bestrafung zuführen. Dadurch habe ich mir viel Feinschaft [*sic*] zugezogen, aber ich glaube sie nicht fürchten zu müssen, denn ich habe andererseits viele Freunde. Als Lehrer nämlich. Ich kann leider keine anständigen Honorare bekommen und bekomme bloss 1/3 bis 2/5 meines New Yorker

Preises, habe aber bereits einen Kurs von 10 Schülern und einige Privatschüler, sodass ich sicher bin, wenn die Leute wissen werden, dass ich unterrichte, so werden auch die besserzahlenden kommen und ich werde hier ganz gut existieren können. Im Sommer werde ich an der hiesigen Southern Californian University [*sic*] durch sechs Wochen lang täglich (mit Ausnahme von Samstag und Sonntag) zwei Stunden geben. Die Bezahlung ist auch hier nicht fürstlich, deckt aber immerhin 3 Sommermonate. — Ausserdem will man mich jetzt in New York haben. Kaum waren wir etwas über eine Woche hier, als ich von der Juilliard School for [*sic*] Music, der grössten und reichsten amerikanischen Musischule [*sic*] einen Antrag bekam, den ich leider ablehnen musste, weil wir den Winter in New York nicht riskieren können. Aber Hutcheson, den ich in Chautauqua kennen lernte, der Direktor, ein sehr guter Pianist und Musiker und ein sehr lieber Mensch, will mich dann für das nächste Jahr haben und ich kann nur wünschen, dass ich gesund genug sein möge, um es annehmen zu können. Denn das wäre eine sehr günstige Position in jeder Hinsicht, da hier ja mit solchen Stellungen auch alle anderen guten und wichtigen Dinge zwangsläufig verbunden sind. Aber auch wenn wir hier bleiben, so würde ich sehr zufrieden sein. Ich sitze heute, 25. November, bei offenem Fenster, während ich schreibe und mein Zimmer ist voll Sonnenschein! Nun habe ich soviel von mir geschrieben und möchte nun auch von meiner Frau und Nuria sagen, dass sie beide sich hier sehr wohl befinden. Wir haben ein sehr nettes, nicht zu grosses Häuschen, möbliert, mit manchem, hier allgemein üblichen Komfort, den man in Europa doch kaum kennt. Wenn wir unsere Möbel bekommen können, die noch immer in Paris liegen, weil die Deutsche Regierung bis jetzt nicht gewillt ist, meine restliche Gage für 22 Monate zu bezahlen, so werden wir wahrscheinlich ein unmöbliertes Haus mieten, was noch billiger ist und wo wir dann trachten werden, etwas mehr in den Hügeln zu wohnen, wo es noch weniger feucht und sonniger ist. An meiner Oper habe ich bis jetzt nicht weitergearbeitet, sondern schreibe eine Suite für Streichorchester, t o n a l, ein Stück für Schülerorchester. Ich schreibe das infolge einer Anregung eines Musikers, der an der New York University unterrichtet, dort ein Schülerorchester leitet und mir sehr viel und erfreuliches über diese amerikanischen Schülerorchester erzählt hat, deren es viele Hunderte gibt. Das hat mich davon überzeugt, dass der Kampf gegen diesen verruchten Konservatismus hier zu beginnen hat. Und so wird dieses Stück geradezu ein Lehrbeispiel werden für jene Fortschritte, die innerhalb der Tonalität möglich werden, wenn man wirklich Musiker und sein Handwerk kann: eine wirkliche Vorbereitung nicht nur in harmonischer Hinsicht, sondern auch in melodischer, kontrapunktischer und technischer. Ich bin ganz überzeugt damit einen sehr guten Dienst im Kampf gegen die feigen und unproduktiven.

Viele herzlichste Grüsse allen Freunden.
Arnold Schoenberg
5860 Canyon Cove
Hollywood, Cal

November, 1934

ITEM 36c

PAGE	77-78
SIZE	10 x 19.5
DATE	illegible
MEDIUM	Black ink; blue pencil; black rubber stamp ink

Recto

    IIIrd Class matter

Herrn Hans Nachod
III. Salesianergasse 7
Wien

Austria

Verso

Arnold Schoenberg
5860 Canyon Cove
Hollywood, California
Tel. Hempstead 1095

ITEM 37

PAGE	79
SIZE	22.6 x 15.1
DATE	26 May 1937
MEDIUM	Printed black ink

Recto

Arnold and Gertrud Schoenberg
announce the birth of their son
Rudolf Ronald
May 26, 1937

116 North Rockingham Avenue
Brentwood Park
Los Angeles, California

ITEM 37a

PAGE	80
SIZE	15.7 x 11.7
DATE	5 June 1937
MEDIUM	Black ink; black rubber stamp ink

Recto   Arnold Schoenberg
116 N. Rockingham Ave.
Brentwood Park
Los Angeles, - Calif.
Telephone W.L.A. 35077

                        Herrn Hans Nachod
                        und familie Goldschmied
                        III. Salesianergasse 7
                        Wien

                        Austria

ITEM 38

PAGE   81
SIZE   22.4 x 27.7
DATE   15 March 1938
MEDIUM   Typewritten carbon copy (black)

Recto   Hans N a c h o d
Wien III. Salesianergasse 7
15. iii.38

Lieber Arnold!

Deinen Luftpostbrief vom 30.7. erhielt ich vor wenigen Tagen und war natürlich von gröster [*sic*]
Freude über die Aussicht, doch zu einem Affidavit zu gelangen, erfüllt.–Es wäre ein ganz grosser,
einmaliger Freundschaftsdienst, den Du mir damit erweisen würdest, denn ich habe, trotz vieler
Müh und Anstrengung noch keinen gefunden, der mir ein Affidavit besorgen könnte. Jeder hat
irgend welche nächste Verwandte, die vorher kommen. Lieber Arnold, wenn Du also wirklich
ein Affidavit für mich beschaffen kannst, dann bitt, tue es bald, denn abgesehen davon, dass ich
fort muss, besteht bald die Gefahr, dass die österreichische Auswanderquote erfüllt sein wird und
man dann, wenn nicht eine Erhöhung der Quote kommt, auch mit einem Affidavit nicht mehr
wird einwandern können.–Ich habe insoferne vielleicht noch Glück, weil ich mich schon im Juni
auf dem Konsulat angemeldet habe und dort unter den Ansuchenden sehen aufgenommen bin
und eine laufende Nummer besitze. Natürlich gilt aber die Anmeldung nur eine gewisse Zeit, das
heisst, dass man in dieser Zeit sein Ansuchen um Einwanderung mit einer amerikanischer Dürgschaft,
(Affidavit), bekräftigen muss. Anders bekommt man eben die Erlaubnis zur Einreise nicht.
    Auch an Görgi, der bekanntlich in Wiener Neudorf wohnt, schrieb ich sofort und erhielt auch
gestern seinen Besuch.–Ich zeigte ihm nicht Deinen Brief, sondern erzählte ihm, von Deinen
Wünschen.–Görgi sagte folgenden:–Er sagte, dass er Schulden habe und versprach mir, eine
Aufstellung seiner Schulden zu machen, um Sie [*sic*] Dir zu schicken. Er wendete auch ein, dass er
fürchte, als Mischling keine Erlaubnis zur Ausreise zu erhalten, da Mischlinge militärpflichtig seien.
–Letzteres aber glaube ich wird nicht ganz stimmen, da es möglich ist, dass Görgi dadurch, dass
Grossvater Z [emlinsky] , um zu heiraten, Jude wurde, nicht als Arier gilt. In diesem Falle könnte

es sich herausstellen, dass Görgi Volljude ist. Volljuden erhalten ohne Umstände die Militärbefreiung und Ausreiseerlaubniss.—Görgi ist damit einverstanden, dass er allein fährt und Frau und Kind später nachkommen lässt. Das also wäre scheinbar kein Hindernis mehr. Es ist also möglich, dass Görgi, wenn Du ihm ein Affidavit verschaffst, nach Amerika kommt. Ich glaube damit Deinen Wunsch erfüllt zu haben.

Zu mir zurückkehrend kann ich Dir mitteilen, dass ich meine Pension bestimmt nach Amerika transferiert erhalten kann, denn ich habe aus Prag bereits ein solches Dokument in der Hand. Meine primitiven persönlichen Lebensnotwendigkeiten wären damit gedeckt, so, dass es sicher ist, dass ich niemandem zur Last fallen werde.

Ich bitte Dich zum Schlusse noch lieber Arnold, gib mir bald Nachricht, wie die Dinge stehen, damit ich weiss, woran ich bin.

Ich danke Dir sehr und bin wirklich gerührt von Deiner Hilfsbereitschaft. Sei oft gegrüsst und grüsse auch Deine Gattin und Kinder.

Dein

ITEM 39

PAGE 82
SIZE 21.5 x 28
DATE 19 July 1938
MEDIUM Printed letterhead in black; typewritten in black; black ink

Recto Arnold Schoenberg
116 North Rockingham Avenue
Brentwood Park
Los Angeles, Calif.
Telephone: W.L.A. 35077

Herrn Hans Nachod
Salesianergasse 7
Wien III
19.VII.1938

Lieber Hans, ich bin sehr traurig, dass ich dir nicht helfen kann. Mein eigenes Affidavit hat nicht für Greissles genügt und ich bemühe mich vergebens, bis jetzt, ein fremdes zu beschaffen. Weiters brauchte ich ja noch eines für Görgi und voraussichtlich wird ja auch Heinrich eines Tages eines verlangen.

Aber es bringt mich auf eine Idee: vielleicht könnten Juden, die ihr Geld oder einen kleinen Teil ausführen oder zur Ausreise benützen dürfen, eine gemeinsame Aktion in der Art einer gegenseitigen Versicherung unternehmen. Ich will selbst versuchen, ob ich diese Idee von hier aus lancieren kann. Aber sollte [?] es auch von Europa aus unternehmen. Vielleicht kannst du irgend eine der Aktionen veranlassen, dass sie einen derartigen Vorschlag hierher gelangen lassen.

Die Idee, für Amerikaner, wäre so: Jeder der Affidavits ausstellt zahlt für jedes Affidavit durch eine bestimmte Anzahl von Monaten einen Betrag (2-5$) in eine gemeinsame Kasse, die im Notfall für die im Affidavit unternommenen Verpflichtungen einspringt. Das ist eine Art Versicherung auf Gegenseitigkeit.

Vielleicht kann das helfen.

Lasse mich bald von dir hören. Wie gehts deinen Angehörigen. Hörst du etwas von Goldschmieds?

Viele herzlichst Grüsse
Dein
Arnold Schoenberg

ITEM 39a

PAGE 83-84
SIZE 16.5 x 9.5
DATE *Recto* 19 July 1938; *Verso* 30 July 1938
MEDIUM Typewritten in black; red rubber stamp ink

Recto Arnold Schoenberg
116 N. Rockingham Ave.
Brentwood Park
Los Angeles, Calif.
Tel. W.L.A. 35077

Herrn Hans Nachod
III. Salesianergasse 7
Wien
Nieder Oesterreich

Germany

Verso 30.VII.38 [postmark]

ITEM 40

PAGE 85
SIZE 12.7 x 20.2
DATE 30 July 1938
MEDIUM Typewritten in black and red; black rubber stamp ink; black ink

Recto   Arnold Schoenberg
116 N. Rockingham Ave.
Brentwood Park
Los Angeles, Calif.
Telephone W.L.A. 35077
30.VII.1938

Lieber Hans,

es ist vielleicht doch möglich, dass ich dir ein Affidavit verschaffe. Aber es wird noch einige Zeit dauern, bis ich es verlangen kann: ich habe zuerst eine Gegengefälligkeit zu erweisen, bevor ich es kann. Schreibe mir auf alle Fälle recht bald noch einmal darum: auch ob du es noch brauchst.

Vielleicht hast du die Möglichkeit Görgi zu sprechen und herauszufinden wozu er einen so grossen Betrag benötigt. Diesen kann ich absolut nicht aufbringen. Vielleicht kannst du ihn bereden zunächst allein nach New York zu kommen, wo ich ihm wahrscheinlich Arbeit verschaffen könnte und für eine Person wäre es auch möglich das Geld aufzubringen. Seine Frau und Kind können dann in der allerkürzesten Zeit nachkommen.

Viele herzlichste Grüsse

Arnold

Wenn ich früher etwas tun kann, verständige ich dich sofort.

Solltest du inzwischen anderweitig ein Affidavit bekommen, so bitte ich um sofortige verständigung. Ich habe soviele Anforderungen.

ITEM 40a

PAGE   85-86
SIZE   16.5 x 9.4
DATE   *Recto* 31 July 1938; *Verso* 10 August 1938
MEDIUM   Typewritten black and red; black rubber stamp ink; black ink

Recto   Arnold Schoenberg
116 N. Rockingham Ave.
Brentwood Park
Los Angeles, - Calif.
Telephone W.L.A. 35077

Herrn Hans Nachod
Salesianergasse 7   ON BOTH SIDES
Wien III
Nieder Oesterreich

Germany

Verso   10.VIII.38

ITEM 41

PAGE 87-88
SIZE 22.4 x 27.7
DATE 3 August 1938
MEDIUM Typewritten carbon copy (black)

Recto   Wien 3.8.38

Lieber Arnold! Dein Brief war mir, trotzdem er nicht das ersehnte Affidavit brachte, eine grosse
Freude und ich antworte Dir zum Zeichen dessen auch sogleich.—
    Zuerst beantworte ich Dir Deine Anfrage nach dem Ergeben Unserer Freunde und Verwandten.—
    Otti: Ist von Ihrem Mann geschieden, der sich aber bis jetzt sehr gut verhält und sie zwar nicht
reichlich, aber knapp ausreichend unterstützt. Sie lebt mit Susi zusammen und hat Sorgen für
diese Tochter, d.h. um ihre Zukunft. Selbst ist sie nicht ganz gesund. Sie leidet an einem Basedof
und damit verbinden sich allerhand andere Beiden, wie erhöhter Blutdruck etc.—Da ich glaube,
dass sie Dir so wie so alles andere schreibt, hoffe ich das diese Scheiderung ausreicht.—Heinrich
lebt in Salzburg. Er hat ungefähr die gleiche Pension, wie ich und noch etwas dazu, das seine
Frau erhält, die jetzt die ihr gehörige Hälfte des geerbten Hauses, vermietet hat und mit Heinrich
und Gitti, der gemeinsamen Tochter in Parsch eine nette, kleine Wohnung bewohnt. Vorläufig
dürften die Dinge dort so stehen, dass Heinrich bei seiner Familie in Salzburg bleiben wird.—Man
kann natürlich nichts ganz sicher für die Zukunft sagen. Ich glaube aber, dass es so bleiben wird.
—Ich sah Heinrich zuletzt vor ungefähr 4 Wochen, vorher war er 14 Tage bei mir in Wien.—Görgi
dürfte es schl[?] gehen. Er lamentiert [*sic*] sehr, als er bei mir war. Leider konnte ich ihm nicht
helfen, denn, auch meine Reserven schmilzen schnell, da ich meinen kranken und durch die
Ereignisse vollständig ohne Einkommen hier lebenden Bruder Walter mit Frau erhalten muss.—
Damit habe ich Dir auch schon erzählt, wie traurig es um Walter steht. Ich kann sicher nicht froh
werden, bevor ich ihn nicht in gerettet weiss. Er ist der einzige der engsten Familie dem es so ganz
miserabel geht.—Rudolf Goldschmidt hat nochmal geheiratet und eine junge, nette Frau genommen.
Er soll für beide ein Affidavit nach U.S.A. haben und an seinem Wegkommen arbeiten. Ich sehe
ihn selten.—Die beiden Brüder Edmund und Heinrich G. wollen zunächst noch einige Zeit hier
bleiben, wenn sie können. Es wird Ihnen [*sic*] aber nur sehr schwer gelingen, sich zu erhalten.
Ich weiss nicht, was sie vorhaben. Malva will mit Ihren [*sic*] vier Kindern, mit der Tochter Ena
und dem Sohn Herbert, und deren Gatten nach Brasilien. Sie hat gute Aussichten dorthin zu
gelangen, da Ihre beiden Söhne Hans und Gerhart schon lange dort sind und ihr dazu wohl
verhelfen können. Malva sehe ich oft. Sie hat ihre Villa in Hietzing verkauft und wartet auf die
Erledigung Ihrer [*sic*] Auswanderung.—
    Ich weiss nicht, wer Dich sonst noch interessieren würde.—Von den verschiedenen Menschen
aus unserer früheren Zeit höre ich gar nichts. Die meisten sind nicht mehr da manche vielleicht
gar nicht mehr am Leben. Mein Kreis in Wien ist ein ganz anderer und wird jetzt auch vollkommen
au[s]einander gerissen werden.—Ein grosses Jammern und Trauern hat unter diesen Leuten
angefangen. Täglich hört neue Botschaft.—Manchmal möchte man mit Waldemar aus den
Gurreliedern singen.—Herrgott, weisst Du was Du tatest!—Ich nehme mir oft meinen geliebten
Waldemar in die Hand und erinnere mich der Tage, wo es anders war.—
    Was Deine Idee, dass Juden, die nach Amerika wandern 2-5$ für eine gemeinsame Kasse zahlen
sollen, a[n] betrifft ist leider auf diese Art unausführbar, denn niemand kann Geld ins Ausland
mitnehmen. Das ist vollkommen unmöglich.

Verso   Helfen können uns nur die Ausländer und von denen am ehesten die Amerikaner, weil die amerikanische Regierung die hilfbereiteste ist.

Ich danke Dir also nochmal für Deinen lieben Brief und möchte Dir zuletzt noch einen Tip geben, der für mich als Einreise nach Amerika in Frage käme. Sollten einmal die Gurrelieder aufgeführt werde [*sic*], kannst Du mich vielleicht für den Narren empfehlen. Ich habe immer noch meine Stimme und würde für den Narren ohne Zweifel audreichen [*sic*]. Ich behersche [*sic*] die englische Sprache, kann also englisch singen und es ist kein Zweifel, dass ich auf diese Weise sicher die Einreise erhielte.—

Wie immer es aber sei. Ich bleibe der Alte und gebe niemals die Hoffnung auf. Mich muss es aufgeben. Ich warte so lange.— Da aber das Glück kugelrund ist, kann es auch sein, dass ich Dich einmal wiedersehe und Deine Frau und Kinder dazu.—Sei vielmals gegrüsst und grüsse auch Deine lieben Angehörigen, besonders Deine Gattin,—

Dein

ITEM 42

PAGE   89
SIZE   21.5 x 28
DATE   2 September 1938
MEDIUM   Printed letterhead in black; typewritten in black ink; black ink; pencil

Recto   Arnold Schoenberg
116 North Rockingham Avenue
Brentwood Park
Los Angeles, Calif.
Telephone: W.L.A. 35077

Herrn Hans Nachod
III. Salesianergasse 7
Wien, Austria
Germany
2.IX.1938

Lieber Hans;

eine erfreuliche Nachricht: es ist mir gelungen ein Affidavit für dich zugesagt zu bekommen und ich werde es Dienstag (6.) oder Mittwoch—hoffentlich—absenden können.

Nun habe auch ich eine Bitte: nimm dich des Görgi an. Ihm sende ich heute ein Affidavit, wie deines eines von einem Film Mann, beide also das beste von Besten. Aber du kennst nun Görgis finanzielle Situation und du weisst, er ist noch immer ein kleines Kind und kann sich allein nichts besorgen. Du aber bist energisch und versiert und wirst sicher Wege finden, ihm zu helfen. Es giebt ja heute soviele Menschen, die aus Wohltätigkeit helfen, darunter eben solche, die soviel haben, dass sie nicht wissen, was damit anfangen. Heute sollte ja jeder, der es kann, dem anderen die Ausreise ermöglichen. Ich weiss ja nicht, wie deine finanziellen Umstände sind. Meine sind leider nicht ausreichend und ich könnte eine Rückzahlung unter den gegenwärtigen Umständen nicht versprechen, sondern nur zusagen, wenn sich mein Einkommen wesentlich erhöht. So könnte ich Görgi höchstens etwa 100-150 Dollar geben.

Ich bin sehr glücklich, dass es mir gelungen ist, diese drei Affidavits (eines für Greissles) schliesslich zu verschaffen. Ich verbringe ganze Tage mit Briefschreiben und bisher war fast alles ergebnislos. Und ich habe noch wenigstens 10 bis 15 Menschen zu versorgen an denen mir sehr liegt.

Ich bitte dich mir eventuell zu kabeln wenn und wieviel Geld ich schicken muss und wann und wie ihr reist. Vielleicht wäre es am besten, wenn du mit Görgi (und even. seiner Familie) zusammen reisen könntest. Mir wäre es eine grosse Beruhigung.

Es gibt jetzt in Wien eine Amerikanische Gesellschaft (gegründet von Mr. Ira Hirschmann President of Sax, Fifth Avenue) die Auswanderern grosse Hilfe leistet. Du solltest diese Hilfe jedenfalls in Anspruch nehmen.

Hoffentlich höre auch ich nun bald Erfreuliches von euch allen.

Viele Herzlichste Grüsse und viel Glück, dein

Arnold Schoenberg

Verso   IV [in pencil]

ITEM 43

PAGE   90
SIZE   21.6 × 28
DATE   13 September 1938
MEDIUM   Printed letterhead in black; typewritten in black ink; black ink; pencil

Recto   Arnold Schoenberg
116 North Rockingham Avenue
Brentwood Park
Los Angeles, Calif.
Telephone: W.L.A. 35077

Herrn Hans Nachod
III. Salesianergasse 7
Wien
13. September 1938

Lieber Hans, mit einer Verspätung von fast einer Woche (ander [sic] ich unschuldig bin: wahrscheinlich braucht es solange bis man alles fertig bekommt, jedenfalls aber hätte ich nicht drängen können) sende ich dir heute separat das Affidavit des amerikanischen Komponisten Ralph Ranger [sic]. Gebe Gott, dass es noch rechtzeitig eintrifft. Bitte telegrafiere mir, sobald du Näheres weisst und jedenfalls bevor ihr abreist-und wer.

Viele herzlichste Grüsse.

Arnold Schoenberg

Verso   V [in pencil]

ITEM 44

PAGE 91-92
SIZE 22.5 x 29
DATE 16 September 1938
MEDIUM Typewritten carbon copy; printed letterhead in black

Recto Hans Nachod
Praha poste restante
Prag 16.9.38

Lieber, guter Arnold!
An dem Tage, an dem ich schmerzerfüllt von meinem lieben Wien, meinem armen, armen, kranken Bruder und allen anderen Abschied nahm, eine Stunde, bevor der Zug ging und angesichts der noch immer nicht gebannten Gefahr eines furchtbaren Krieges, kam Dein lieber, herzensguter Brief mit der Ankündigung, dass Du Görgi und mir ein Affidavit absandtest.—Es war wie ein Blick in den Himmel aber gleich darauf war man wieder in der Hölle!—

Ich glaube, dass Du mich kennst und hoffe, dass Du nicht denkst, ich sei ein Feigling.—Ich fürchte nicht für mich, aber ich fürchte für alle die die in Wien zurückblieben. Wenn der Krieg kommt, wird man sie hinmorden, sie die nichts getan und niemandem geschadet, die an ihrem Vaterlande hingen und an der deutschen Kultur. Ich darf nicht daran denken!

Da es ausgeschlossen war, meine Reise zu verschieben, sonst hätte ich sie gar nicht mehr unternehmen können, war es auch ausgeschlossen, Görgi zu verständigen [.] Das wird aber mein Bruder Walter besorgen. Ich bin sehr betrübt darüber Görgi gerade in diesem Augenblicke nicht gesprochen zu haben.—

Ich sitze nun hier in Prag und bin zwar nicht mehr in der Hand der Nazi, aber mein, unter schwierigsten Verhältnissen, nach monatelangen Kämpfen erhaltenes Visum lauft in 14 Tagen ab und ich weiss noch nicht ob man mir eine Verlängern bewilligen wird. Hier in Prag lastet auf allen eine schreckliche Angst wegen des scheinbar nicht mehr abzuwendenden furchtbarsten aller Kriege. Man sieht weinende Frauen und bestürzte Männer auf der einen und zu allem entschlossene Verzweifelte auf der anderen Seite. Ganze Städte sind unterminiert worden. Man wünscht sich gegenseitig Tod und Untergang und wünscht den jüngsten Tag herbei. Wir haben doch den Weltkrieg gesehen und manches dazu. Damals wusste man nicht was kommen wird, wenn der Krieg ausbricht, heute aber weiss man es und schaut wie versteinert in das Unglück hinein.—Das alles aber verschuldet ein Mensch in seiner Grausamkeit, seinem unersättlichen Blutdurst und keiner findet sich, der ihm den Garaus macht.

So sieht es hier aus, von den Leiden der Juden in Oesterreich, wirst Du wohl wissen, sie sind womöglich ebenso schlimm, wie der kommende Krieg sein wird.—

Ich versuche nun hier Menschen zu finden, die dem Görgi weiter helfen. Vielleicht gibt es solche, die es tun, weil er Dein Sohn ist. Leider ist aber Prag und auch das übrige Land voll von jüdischen Flüchtlingen aus den deutschen Gebieten. Jeder hat einen bei sich und alle zusammen sind keinen Tag ihres Lebens sicher [.] Ob ich unter solchen Umständen da Glück haben werde, kann ich nicht sagen.—

Wenn Du mein Affidavit schon abgeschickt hast und es noch rechtzeitig nach Wien kommt, wird man es mir hierher nachsenden. Wenn bei Ankunft diese [*sic*] Briefes das Affidavit noch nicht abgesandt ist und der Krieg ausgebrochen, sende mir bitte, eine Abschrift des Affidavits nach Prag poste restante.—Der Affidavitsteller, dessen Namen und Adresse ich eigentlich wissen müsste und worum ich Dich extra bitte, wird wohl eine solche Abschrift gerne besorgen.

Lieber Arnold ich danke Dir aus ganzem Herzen, für Deine gute Tat und bin der Deine immerdar.—Was kommen muss es Komme, ich werde mich wehren und lebendig kriegen sie mich nicht.—

Verso   Anlässlich Deines 65 Geburtstages waren hier sehr schöne Notizen in den Zeitungen.—Ich gratuliere Dir und wünsche Dir und Deinen alles, alles Gute.

Sei vielmals gegrüsst und grüsse Deine Gattin, Kinder und alle anderen Angehörigen.

Dein

Briefe bitte bis auf weiters Prag poste restante

[The following letterhead is upside-down as the paper was put in the typewriter upside-down.]
Österreiches Dental-Jahrbuch
Wien, II., Taborstrasse 1-3 / Telephon R-48-4-40
Bankkonto: Österr. Credit Anstalt für Handel und Gewerbe, Filiale Wien, 1., Franz Josefs-Kai 23
Postsparkassenkonto Walter Josef Nachod Nr. 121.326

Ihr Zeichen: Ihre Nachricht vom: Unser Zeichen: Tag:
Betrifft:

ITEM 45

PAGE   93
SIZE   20.4 x 25.5
DATE   12 April 1939
MEDIUM Typewritten carbon copy; pencil

Recto   To
Arnold Schönberg
12. April 39

Lieber Arnold!
Seit ich in Prag im September ankam, hörte ich nichts mehr von Dir. Ich schrieb Dir meherer [*sic*] Male aus Prag und auch einmal schon aus London. Ich schrieb Dir, dass ich, da ich die Dinge in Prag kommen sah, alles daran setzte, auf Grund meines Affidavits, das ich durch Dich und Mr. Rainger hatte, nach England gelangen konnte, wo man mir gestattet, die Erledigung meines amerikanischen Visums abzuwarten.—
Ich schrieb Dir auch, dass es mir unmöglich war, Deinen Sohn zu erreichen, denn er antwortete auf keinen meiner, aus Prag an ihn gerichteten Briefe. Auch die Briefe, die mein Bruder Walter in Wien an ihn schrieb blieben unbeantwortet. Ich glaube nicht, dass Görgi keinen meiner Briefe erhalten hat und bin sehr böse über sein Verhalten, denn er wusste mich doch in Wien sehr gut zu finden, so lange er noch irgend ein [*sic*] Interesse an mir hatte. Vielleicht stellt es sich noch heraus, dass irgend ein Missverständnis oder ein anderer Umstand schuldtragend war, dann wäre ich sehr erfreut darüber, bis dahin muss ich aber glauben, was ich vorhin sagte.—

Die Sache mit meiner Abreise nach Amerika zieht sich schrecklich lange hin und ich bin schon reichlich nervös, denn in England weiss ich nicht, ob ich bleiben kann. Da man verlangen wird, dass ich weiter reise.–Es geht mir sonst hier sehr gut, denn hier bin ich wieder ein Mensch und kann nicht als solcher unter den Menschen bewegen. Was man in Deutschland in dieser Hinsicht, ich meine an Beschimpfungen und Niedertracht ertragen musste steckt einem immer noch in den Gliedern.

Vor einigen Tagen hörte ich hier, von einem ausgezeichneten Chor vorgetragen, zum ersten Mal Deinen Chor Friede auf Erden und war sehr begeistert. Es war mir eine Freude zu sehen, wie sehr der Chor auch dem Publikum gefiel und wie ausserordentlich der Applaus war. Ich selbst applaudiert fast nicht, denn ich wollte sehen, wie sich die Leute benehmen würden. Ich lege Dir ein Programm bei.

Lieber, guter Arnold bitte antworte mir doch, ich möchte so gerne wieder von Dir etwas wissen. Grüsse Deine Gattin und Kinder und sei herzlichst gegrüsst von Deinem

---

ITEM 46

PAGE | 94
SIZE | 20.4 x 25.6
DATE | 19 September 1939
MEDIUM | Typewritten carbon copy; black ink

Recto London 19th September 39

Lieber Arnold!

Es ist sehr bedauerlich für mich, dass ich auf keinen meiner Briefe an Die [*sic*] eine Antwort erhalte.–Selbstverständlich sehe ich ein, dass Du wenig Zeit hast, Briefe zu schreiben, aber die Antwort, die ich brauche, ist lebenswichtig für mich und liegt doch auch auf dem Wege, den Du, mir zu helfen betreten hast.–Du sandtest mir ein Affidavit, ausgestellt von Mr. Ralph Rainger, ich gelangte dadurch nach England und muss von hier aus nach Amerika weiter fahren. Wahrscheinlich komme ich hier in London in der Reihenfolge das U.S.A. Visum zu erlangen, bald daran. Der hiesige amerikanische Konsul stellt aber das Visum nur aus, wenn man zu dem Affidavit auch nochmal einen sogenannten Freundschaftsbrief von dem Affidavitsteller vorweisen kann mit dem sich der Affidavitsteller nochmal verpflichtet für den Unterhalt des Einwanderers so lange zu sorgen, bis er sich selbst erhalten kann. Ein solcher Freundschaftsbrief lautet ungefähr so:

To the Consulate of the U.S.A. of America [*sic*], London.
Dear Sirs:

With reference to the affidavit signed by myself in behalf of Mr. Hans Nachod at present London 56 West End Lane N.W.6. may I add that I am willing to give Mr. Nachod food Lodging and pocket money for personal use and medical care in case of sickness upon arrival in Los Angeles [.]

May I ask the American Consul in London for his kind consideration in the matter of the mentioned alien.

Ein solcher Brief muss natürlich notariell beglaubte sein.–Ohne diesen Freundschaftsbrief wird es wohl kaum möglich sein, das U.S.A. Visum zu erhalten.–Ich schreibe gleichzeitig auch Mr. Rainger und lege Dir eine copie bei. Bitte lieber Arnold sprich mit Mr. Rainger und bitte ihn für mich, mir diesen Brief baldigst zu senden. Antworte mir für alle Fälle und lasse mich nicht im Stich.–Man kann in England nicht bleiben, wenn man auf Grund eines Affidavits hereingekommen ist.–

Wie geht es Dir lieber Meister und Freund!?

Wenn es Dich interessiert kann ich Dir von Deinen Geschwistern mitteilen, dass Otti eine Wohnung hat und Susi eine Stellung es ihr scheinbar ganz gut geht. Heinrich ist in Salzburg und auch gut aufgehoben. Mein Bruder ist leider noch in Wien, Malva Bodanzky mit der ganzen Familie in Rio de Janairo [sic] und Rudolf Goldschmidt irgenwo [sic] in New York.–Ich hoffe, dass es Dir gut geht und Du gesund bist und hoffe dasselbe von Deiner lieben Frau und Deinen Kindern

Sei vielmals u. dankbar gegrüsst von deinem Vetter

Hans Nachod

ITEM 47

PAGE 95
SIZE 13.8 x 17.2
DATE 9 January 1940
MEDIUM Printed letterhead in blue; typewritten in black; black ink

Recto   Arnold Schoenberg
116 North Rockingham Ave.
West Los Angeles, California
January 9, 1940

Mr. Hans Nachod, 56 West End Lane LONDON N.W.6

Dear Hans, the other day Mr. Rainger wrote, that he is going to send you this letter of recommendation which you urged him to give you. I hope you got it in the meantime and will accordingly be able to come over to America.–But I must warn you of too great an optimism about Hollywood. This town is terribly crowded with people who believe they can work in the studios. Of course, if your voice is, what it was, this would be different.

You should not blame me for forgetting you. I did what I could for you. But I cannot suppress the feeling that I am disappointed because you left me in the lurch by not forcing George out of Austria. I did not make it a condition when I procured you an affidavit, that you should help Gearge [sic] to leave but I cannot understand that you could forget that a son is closer than a cousin.

You must not misunderstand me: I have not the intention to take revenge, but I must reject your reproaches: I have done something very important for you, but you have not tried to do the same for me.

Nevertheless, if I were in the position to help you, I would do it; but I am not—I am sorry. In any case, I hope to hear from you as soon, as you are here.
   With best greetings and wishes, yours truly

Arnold Schoenberg

Ich habe keinen Gurreliederauszug den ich entbehren könnte.

ITEM 47a

PAGE	95-96
SIZE	14.3 x 9.2
DATE	10 January 1940
MEDIUM	Typewritten in black and red ink; printed letterhead in blue ink

Recto

        Herrn Hans Nachod
        56 West End Lane
        L o n d o n N.W.6

        England

Verso

        Arnold Schoenberg
        116 North Rockingham Ave.
        West Los Angeles, California

ITEM 48, 48a

PAGE	97-98
SIZE	20.3 x 25.4 for both items
DATE	2 March 1940
MEDIUM	Typewritten carbon copy

Recto   2 März 40 London

    Lieber Arnold!
    Vor ungefähr 14 Tagen erhielt ich Deinen Brief vom 9. Januar 40. Es tut mir ungemein leid, dass Du wieder einmal etwas anders siehst, als ich es gemacht habe und es tut mir leid, dass Du Dich über mich ärgerst, ohne, dass ich Dir einen wirklichen Grund dazu gegeben habe.—

Ich tat in der Angelegenheit Görgi was ich konnte. Mit Deinem Sohn ist aber kaum etwas richtiges anzufangen. Er ist da, wenn er etwas brauchen kann u. verschwindet dann auf nimmer Wiedersehen, wenn er nichts mehr braucht oder nichts mehr haben kann.—Abgesehen davon, dass die Konstellation so war dass ich überhaupt kaum etwas hätte tun können, so wäre ich doch froh gewesen zu wissen was mit ihm geschen [sic] war, wo er ist und ob nicht doch irgendwo eine Chance bestand, ihm zu helfen.—

Ich sah Görgi öfter in den Monaten Juli, August 38, als die Nazi schon in Oesterreich herschten [sic] und es mir selbst damals nicht mehr gut ging. Görgi war stets in Not, beklagte sich sehr über Dich und erzählte allerhand Geschichten, von denen wohl ein grosser Teil unwahr gewesen ist. Er stellte sich immer als das verstossene Kind hin und war immer in Not. Ich half, so gut ich eben damals noch helfen konnte. Inzwischen kam die Kriegsgefahr herauf, alles rechnete damals schon damit, dass Hitler Krieg beginnen werde und mir geschah es, dass ich zweimal für kurze Zeit in Nazigewalt kam. Ich war sehr ängstlich, dass auch mich das Konzentrationslager einmal ereilen werde und setzte alles daran ausser Landes zu gelangen. Endlich, gegen Ende August erhielt ich ein Visum nach der Tschechoslowakei und entschloss mich am 15. September 38 mein Vaterland für immer zu verlassen und in die Tschechoslowakei zu reisen. Was da alles an Gefahr Aufregungen Tränen und Kummer dazwischen liegt ist unmöglich zu erzählen, gehört aber mit dazu, dass ermessen kannst, was es bedeutet, dass ich doch immer nach Görgi zwischendurch forschte.—

Am 15. September 38 nun, gerade, als ich meine Wohnung verliess, als ich begleitet von Freunden und Freundin, mit wirklich gebrochenem Herzen, Wien und alles, was mir lieb war verliess, gerade, als ich die Tür offnete [sic], um das Auto zu besteigen, dass mich zur Bahn brachte, kam der Briefträger u. überbrachte mir Deinen Brief vom 2.IX.38, mit dem Du mir ankündigtest, dass Du mir und Görgi ein affidavit [sic] schicken werdest.—Es war wie ein Sonnenstrahl es war beglückend, aber es legte mir gleichzeitig eine unerfüllbare Pflicht auf, dem Görgi bei seiner "Reise nach Amerika" behilflich zu sein. Du warst, dass ging aus Deinem Brief deutlich hervor in völliger Unkenntnis der unglaublichen Schwierigkeiten, die für uns Juden in allen solchen Dingen überhaupt bestanden, stelltest Dir die Angelegenheit so vor, dass mit einem Affidavit jeder gleich nach Amerika reisen konnte, denn Du schriebst an mich seinerzeit, ich sollte mit Görgi sobald als möglich gemeinsam abreisen.—

Die Situation war aber die: Ich fuhr am Tage Deiner Nachricht ausser Landes hatte das Affidavit überhaupt noch nicht erhalten, sondern erheielt [sic] es erst nach vielen Wochen, als die Kriegsgefahr sich nach Annahme der deutschen Bedingungen gelgt [sic] hatte in Prag, wo ich weit ab vom Schuss war. Meine Recherchen nach Görgi waren vollkommen erfolglos. Vorerst konnte gar nichts geschen [sic], weil keine Post ging, dann kamen auf alle Anfragen keine Antworten. Niemand wusste, wo Görgi geblieben war. Auch die Nachforschungen Walters waren vergeblich. Du aber fragtest bei mir an, wo Görgi sei und nahmst u. nimmst mir etwas übel, worüber Du gar nicht die Möglichkeit hast zu urteilen, weil Du in Amerika Dir kein Bild von den furchtbaren und verwirrenden Ereignissen dieser Zeit machen kannst.—

Ich weiss bis heute nicht, wo Görgi ist und was aus ihm geworden ist und wüsste es doch so gerne, den[n], wie immer die Angelegenheit steht habe ich Görgi lieb und wäre sehr traurig, wenn ihm irgend ein Leid geschehen wäre.—

Du musst es mir glauben, dass es so ist, wie ich es schreibe [sic]. Ich habe keinen Grund und keinen Anlass anders darzustellen.—

Weisst Du, wo Görgi lebt?

Mir geht es nicht gut. Ich kann hier in England nichts verdienen und lebe von der Unterstützung des tschechischen Kommittees. Anfangs schien es als könnte ich mich hier durchsetzen. Ich kam mit einer Pension vom deutschen Theater in Prag hierher, die Pension wurde mir monatlich nachgesandt und sicherte mein Existenzminimum, ausserdem konnte ich auch gewisse Geschäfte, die ich aus Deutschland mitbrachte, fortsetzen, denn dazu bekam ich das Permit. Seither aber ist durch den Kriegsausbruch jede Möglichkeit mit diesen Artikel weiter zu arbeiten unmöglich geworden und ich habe, da natürlich seit der Besetzung Prags durch die Deutschen und jetzt im Kriege erst recht keine Pension mehr hierher kamen, auch die Pension verloren.—Dazu kam, dass ich schwere private Kümmernisse hatte und aus all diesen Gründen weg von Europa, nach U.S.A. möchte[.] Leider versagt aber Herr Rainger, dem es angeblich nicht gut geht und ich sitze nun hier hilflos in der Patsche und in der Not.—Ich brauchte ein neues Affidavit, dass stark genug ist und von dem Konsulat anerkannt wird.—Von allen Freunden und Verwandten höre ich wenig, auch Du schreibst nur, wenn Du mich grundlos einer solchen Sache bezichten kannst, wie der, die Obsorge für Deinen Sohn Görgi vernachlässigt zu haben. Ich hätte so gerne mehr von Dir gewusst, denn wie die Dinge heute stehen, jünger sind wir ja auch nicht geworden wissen wir nicht, ob wir uns je im Leben wiedersehen. Das ist alles traurig.—

Wie gehet [*sic*] es Deiner Frau und Deinen Kindern? Ist Berthold Viertel einmal bei Dir gewesen und hat er von mir gesprochen?

Sei lieb und gut und schreibe Arnold, Du wirst mir damit wirklich eine grosse Freude machen.
Viele, herzlichste Grüsse Dir und Deiner Familie, Dein

ITEM 49

PAGE 99
SIZE 20 x 25
DATE 28 May 1940
MEDIUM Typewritten carbon copy; black ink

Recto Mr. Arnold Schoenberg
116 North Rockingham Ave.
Brentwood Park
Los Angeles
London 28th May 40

Dear Arnold,

I wrote you several times but I had no reply.—I ask you urgently for helping me. My affidavit granted by Mr. Rainger is now too weak and the U.S. Consulate demands a second affidavit for strengthening the first. My case is ready for travelling. I can get the visa at once if I had such a strengthening of the affidavit of Mr. Rainger.

I don't want to trouble you but I don't know an other possibility to get away from here and I believe that it is very dangerous to stay longer here for all the German refugees.

I explained you that you are absolutely wrong to make me responsible for your son[']s misfortune. I asked you to believe that things are as I them explained to you. There is no reason for you to be angry and you are doing worse if you think bad of me.

Will you help me? I beg you for it. But if you are prepared to help me it must be as soon as possible.

How are your wife and children? Please write me and let me know all that.

With many many kind regards and all love to you and your family yours old friend and cousin

---

ITEM 50

PAGE 100
SIZE 13.8 x 21.6
DATE 27 January 1941
MEDIUM Printed in black ink

Recto January 27, 1941, at 10:02 P.M.
a Son
has been born to the
very happy
Arnold Schoenberg Family
We will call him
Lawrence Adam

116 N. Rockingham Avenue
Brentwood Park
Los Angeles, California
Phone: Arizona 35077

ITEM 50a

PAGE 101-102
SIZE 14.3 x 11
DATE 6 February 1941
MEDIUM Typewritten in black ink; black ink; black rubber stamp ink

Recto Mr. Hans Nachod
56 West End Lane, Flat 4 }
London N.W.6 } [marked out and replaced by]
England

13 Hartside rd
Kendal Westmorland
c/o Mrs Malcolm

Verso Arnold Schoenberg
116 N. Rockingham Ave.
Brentwood Park
Los Angeles, Calif.
Tel. W.L.A. 35077

ITEM 51

PAGE   103
SIZE   20.3 x 25.4
DATE   23 June 1941
MEDIUM   Typewritten carbon copy in blue; blue ink

Recto   H. Nachod
13 Hartside Rd.
Kendal, Westmorland, England
23. June 1941

My dear old friend and Master Arnold,

At last came news from you and a very happy one. I received your message that a son has been born to your family. I congratulate you and your wife with all my heart, hoping that you may see him in joy and bliss.

Your circular letter with that message arrived very late and was the only news I had from you since a very long time. I confess, I was a little worried. I can imagine that you have no time enough for long letters, but I dare say a small postcard from time to time to an old, friend, cousin and compaignon [*sic*] should be possible but I would be very glad to get it.—

Speaking about me I must say that I have a very troubled time behind me. I was interned for 5 months and when I was finaly released I had lost the contact to make my living I had lost many other things and so I build all my hope to emmigrate [*sic*] to U.S. I already got the U.S. visa but the outbreak of the Battle of the Atlantic hindered me again and I couldn't get any travelling accomodation [*sic*] till now and am waiting and waiting. As far as I think there will be no accomodation [*sic*] for a long time and owing to that I began again to arrange a new live [*sic*] in England an [*sic*] started again with singing. I now sing lieder oratorios only and was surprised that my voice is in a good standard and I had much success. But not singing is my special design [.] I am giving singing lessons and also there I am successfully [.] It is a pity that I am not able to start with in America. I am living now in the English Lake District, a wonderful country with mountains and lakes like the Salzkammergut and try to make the best out of the present situation.

I have little news of my brother Walter and don't know how Heinrich Schoenberg and your sister Otti are could you let me know anything about them? In America are many friends and also relations. Have you any news about them? How is Zemlinsky, Jalowets and how are your children Trudi and Görgi with their familys?—

I think it should interest you that I have been interned together with your pupil Dr. Wellesz and also with a young musician Dr. Schoenberg from Nürnberg. Both intended to go to America. In my neighbourhood is living Dr. Adler the Doctor medicine and violinist from Vienna an old friend of you. I see him often and I sang with his wife, who accompanied me very well. My dear master I hope you are well and so are your wife and children in Los Angeles. I once more beg you, write to me from time to time please!

With many greetings and love to your family

ITEM 52

PAGE	104
SIZE	21.6 x 28
DATE	12 July 1941
MEDIUM	Typewritten in black and red ink; brown ink

Recto   Arnold Schoenberg
116 N. Rockingham Avenue
Brentwood Park
Los Angeles, California

Mr. Hans Nachod
13 Hartside Rd
Kendal, Westmoreland, England
or: 72 Asfford Court, London N.W.2
July 12, 1941

Dear Hans:

I am glad to hear from you after so many months. I am glad you find such a successful activity as using your voice to entertain people who need a relaxation. I always wondered, why you stoped [*sic*] your carreer [*sic*] as a singer. It is remarkable that you take it up now.

I do not quite understand why you want to come to USA. I do not believe that you would easily find a job which might please yo [*sic*] as well as what you are dooing [*sic*] now. Do not forget that America and especially Hollywood is crowded with Eropean [*sic*] artists. There is much competition, and fees become lower and lower.

From my brother[']s (Heinrich) wife I learned that Heinrich underwent an operation, which seems to have been somehow dangerous, but at the time they wrote, he was already out of danger.—Zemlinsky is in New York; but he is very sick. He had several paralytic strokes, from which he recovered recently, but the next might be the end.—Also Klemperer is sick in a similar manner-mental! But Jalowetz has a good teaching position and seems satisfied with it. Zweig gives piano lessons. Trudi, with her two sons, lives in New York, where her husband has a good position with Schirmers. They are very happy. Goergi is still in Austria. It seems he wanted to remain there, but now, only now when it is so difficult, now he asks to procure him immigration into USA. It is impossible to raise the money for three peoples travel expenses. But there is some hope still left.

I am very glad to have heard something from Dr. Oscar Adler. Could you not ask him to write me once-or give me his adress [*sic*]. In the meantime give him my best greetings.

We are so far all quite well. As I stopped smoking, my health became better. The children are prospering fine. Let me hear more often from you and other friends-is Dr. D. Bach also among your aquaintances?

Many cordial greetings, yours
Arnold Schoenberg

Eben kommt die traurige Nachricht, dass Heinrich, mein armer Bruder doch gestorben ist. An einer Blutvergiftung verursacht durch einen Rohrsplitter am Daumen. Man hat ihm zuletzt noch den Arm abgenommen. Ich habe ihn seit 1932 nicht mehr gesehen, aber doch auf ein Wiedersehen gehofft.

ITEM 52a

PAGE 105-106
SIZE 24.2 x 10.6
DATE 14 July 1941; 26 August 1941; 21 August 1941
MEDIUM Typewritten in black ink; pencil; blue ink; black rubber stamp ink

Recto Arnold Schoenberg
116 N. Rockingham Ave.
Brentwood Park
Los Angeles,-Calif.
Telephone W.L.A. 35077
[The above is partially obscured by an examiners stamp.]

                                   Mr. Hans Nachod - 13 Hartside Rd, Kendal, Westmoreland
             Unknown   ~~72 Ashford Court~~
           at 72 Ashford Ct.   ~~London, N.W.2~~

                                     13 Hartside Road
                                     <u>Kendal</u>
                                     Westmorland

Verso 21 August 1941 [postmark]

ITEM 53, 53a

PAGE 107-108
SIZE 20 x 25.6 for both sheets
DATE 8 September 1941
MEDIUM Typewritten carbon copy in black; black ink

Recto Hans Nachod
13 Hartside Rd., Kendal, Westmorland
England

Mr. Arnold Schoenberg
116 North Rockingham Av.
Brentwood Park, Los Angeles, California
8 September 1941

Lieber Arnold! Ich war wirklich sehr freudig ueberrascht endlich einen Brief von Dir zu erhalten. Es hat ja lange gedauert und ich glaubte schon, Dich verloren zu haben. Leider Gottes war aber Dein Brief eine Hiobspost für mich und ich bin tief ins Herz traurig über Heinrichs Tod. Ich hätte nie geglaubt, dass das auch noch passieren würde und immer gehofft ihn wiederzusehen. Heinrich war Dein Bruder, für mich aber war er mehr. Er war der einzige Freund meiner Jugend, der mein ganzes Leben immer mein guter Kamerad gewesen ist, der alles von mir wusste, wie kein anderer. Mit ihm ist der Zeuge meiner Jugend dahin, der einzige Mensch der mich verstand, wenn ich von vergangenem sprach, von all den Leiden und Freuden unseres durchgekämpfen Daseins. Ich kann mich nicht dan [sic] gewöhnen, dass ich nun das Leben zu Ende leben soll, ohne dass dieser Mensch noch am Leben ist. Gewiss, wir waren schon seit Jahren nicht mehr einer Meinung, wir lebten [sic] auch nicht am gleichen Ort, doch was ist das alles gegen die unabänderliche Tatsache gemeinsam gelebter Jahre und das Bewusstsein wirklich Freundschaft und Zugehörigkeit.—Aber wozu soll ich Dich "anlamentieren" 'Es wird nicht anders.—Bitte, lieber Arnold tue mir den grossen Gefallen und schreibe seiner Frau, dass ich bitter gekränkt bin überdas, was geschen [sic] ist und an sie denke.—Sie war bis zuletzt von vorbildlicher Treue und hielt in allen Schwierigkeiten und Schicksalschlägen der letzten Jahre wunderbar zu ihm. Mit seiner Tochter hatte er aber grosse Schwierigkeiten. Er beklagte sich oft bei mir darüber und auch zuletzt noch, als er im Sommer 38 mein Gast war. Um diese Zeit sah ich ihn zum letzten Male.—

Ich danke Dir für die verschiedenen Nachrichten von all den Freunden und Bekannten. Ich hörte mit Bedauern, dass Zemlinsky sehr krank ist. Von Jalowetz zu wissen, dass es ihm gut geht ist sehr schön. Kannst Du mir die Adresse von Jalowetz und Deiner Tochter Trudi geben? Bitte grüsse beide von mir, wenn Du ihnen schreibst. Leider schriebst Du nichts über Otti. Weisst Du nicht, wie es Ihr geht?

Ich war sehr froh, wenigstens Dich und die Deinen all right zu wissen. Du schreibst, dass Du das Rauchen aufgegeben. Das hast Du schon früher einmal getan. Hast Du denn wieder damit angefangen gehabt?

Sehr erstaunt war ich, dass Du der Meinung bist, man könnte sich als Sänger u. vor allem als Gesanglehrer in Amerika weniger gut durchbringen als in England. In England liegen alle diese Dinge seit jeher sehr schwierig. Die Sänger, d.h. solche, die es lernen wollen sind hier sehr dünn gesät und besonders die foreigners haben Schwierigkeiten aller Art. Schon das Permit ist ein Problem. Dagegen aber weiss ich, dass ich als Gesanglehrer mehr kann u. bin in der Lage das zu beweisen. Ich habe mich nicht umsonst so schwer zur Erkenntnis durchgerungen. Zwar bin ich nicht so ein Narr, wie die anderen Gesanglehrer, die sich jeder für den allein selig machenden halten, aber ich weiss auch, dass es nicht viele gibt, die sich über die Probleme des Singens klar sind.—Gib mir einen begabten Schüler in Amerika und ich will es Dir zeigen!—

Leider sthen [sic] die Aussichten jedoch so, dass es sehr fraglich ist, wann man nach Amerika wird fahren können. Ich schrieb Dir schon, dass ich bereits ein Visum hatte aber keinen Schiffsplatz bekam. Nun sind wieder neue Erschwerungen eingetreten.

Wie steht es denn mit Deinen Arbeiten? Hast Du in letzter Zeit etwas geschrieben [?] Ich weis [sic] diesbezüglich gar nichts von Dir.

Dem Dr. Oscar Adler, der eine Autobusstunde von mir lebt schrieb ich, dass Du mit ihm in Verbindung treten wolltest. Seine Adresse ist: Low Fold "Glenside" Old Lake Rd. Ambleside, Westmorland, England. Er wird sich bestimmt freuen von Dir zu hören.

Bitte lieber Arnold grüsse herzlichst Deine Frau von mir und sage auch den Kindern, dass ich auf der Welt bin. Bitte schreibe mir bald wieder und denke, dass wir immer weniger geworden sind und doch einander Verbindung halten sollten.

Alles Liebe, Gute und Freundschaftliche

Dein

ITEM 54

PAGE   109-110
SIZE   20 x 25.6
DATE   15 August 1944
MEDIUM   Typewritten carbon copy in black; blue ink

Recto   Hans Nachod
28 Romney Rd.
Kendal, Westmorland,
England

Mr. Arnold Schoenberg
116 North Rockingham Av.
Brentwood Park
Los Angeles
U.S.A.
August 15. 1944

Dear Arnold,

I didn't think of it. Dr. Oscar Adler, your old friend, whom I met the other day, remembered your 70th birthday. It is not that don't know it, but that I don't feel it. As long, as I was young enough, I never understood, why so many of the old people behave as if they still were young, going on and on, without realizing the facts. Now, since I am old myself, I understand the idiocyncrasy [*sic*] against age, against everybody seems to struggle in vain, until one day one is struck by the shocking event, that a young girl gets up in bus, with a smile, and says: sit down— to you. Or you are told, by the son of your lady friend, that somebody has told him: yesterday I saw your mother with her old professor.

May be [*sic*] that this idiocyncrasy [*sic*] was the reason that I didn't remember your 70th birthday, dear master and friend. What alive [*sic*]! Didn't it pass like a wild dream? Wasn't it quick? Fight and again fight. Greatest happiness and deepest grief. We couldn't say that it was boring. It changed like a thrilling movie piece and there was always surprise. But here we are, and there is nothing to twist. We are racing to the finish. A lot of us is [*sic*] gone yet, some a [*sic*] still with us and will say we are with them,—after the old saying, if one of us dies I shall attend your funeral.

And now you are seventy! Oh I should like to see you. How you look, how you do and how you are keeping. We are proud of you and I am more proud than all the others, because I am not only your cousin and blood of your blood, but also one of your first interpreters and in many your first interpret [*sic*]. We all have lived our lives and will die our death, only you have been elected to live for humanity and history. But I am the one who created "The Gurrelieder" and so also I am elected and will enter history in the trace of you.

Still the distance from you to your days is not large enough, still the matter has to settled, for the slow ones, but one can see the contours. I have so many opportunities here, to observe it.

Dear Arnold I know nearly nothing of you and your life since long and you can imagine that I am always eager to know about you. The other day I heard of a new composition of yours, performed in New York, but I even do not know whether it is a Symphony or a piano concerto.

We live at present in very exciting days. The war is going to

Verso   be finished. We than [*sic*] will have the experience of 9 years of war, and years of revolutions.

I am frightened of the days to come, because we than [*sic*] will hear terrible news, of what happened to our friends, and brothers. I am worried to death about Walter[']s fate, I know nothing about Otti and all the others. Do you know anything? Do you know about Zemlinsky and Jalovetz [*sic*]? Could you let me know Jalovetz [*sic*] address?

About myself I cannot say anything new. I live in the loveliest district of this country, and this means a lot because Britton [*sic*] is a flower garden as a whole. We are nearer in England to the frontline and are often in the frontline, as you will read in the papers, but in the English Lake District is peace and beauty. I sing Lieder and lecture on singing, and I teach singing. I have some very good pupils, may be you will hear one of them some time in America. I am very pleased about my successes as a singing teacher and I would love to talk one day with you about my studies and experiences. Whether I shall go after the war to America or finaly settle down in England, possibly in London, I don't know. I never make planes [*sic*] for the distant future I wait and see, what I can do when I have to take my decisions.

Please Arnold write to me of everything you know, give my love to your children and great [*sic*] your wife from me. But if you could do me a great favour, send me pictures of you, your wife and children, of the latest times. All my best, best wishes to you, from the bottom of my heart. May God bless you and all you love! And many happy returns of your birthday.

Yours

I do not want to close this letter without remembering Heinrich, who rests in piece [*sic*] and loved you so dearly, more than you ever knew

---

ITEM 55

PAGE	111-112
SIZE	22.6 x 28.4
DATE	29 August 1944
MEDIUM	Typewritten in black and red ink; black ink

Recto   Arnold Schoenberg
116 N. Rockingham Avenue
Los Angeles 24, California

Mr. Hans Nachod
28 Romney Rd.
Kendal, Westmorland,
England
August 29, 1944

Dear Hans;

At first let me thank you cordially for your congratulations to my seventieth birthday. Your letter arrived yesterday and thus I have still a little time left to remain younger than that. Yes it is true; he who was heedless enough to live too long and neglected to remain young, will once discover he has become old. It is very sad-but you cannot change it.

**   You met my old friend Dr. Oscar Adler. He must also become 70 now. Could you not
** send me his address? Then there is Dr. D. Bach, also an old friend of mine, who became 70 this month. Did you meet him? He wrote me a letter of congratulation this month and I answered
** at once. I wonder whether he received my letter. Do you see him? There is also Erwin Stein who is employed by Bosey [sic] and Hawkes. Are you in contact with him? I wrote him some time ago, but he did not answer. Have you an idea about the whereabouts of my former pupil
** Karl Rankl, once Musical Director at the Opera in Prague? I did not hear from him for quite a time.

You are right many of our old friends have died already. I am astonished you do not know that Zemlinsky died three years ago. He was sick very long suffering from a paralytic stroke. I saw him last in December 1940 and soon afterwards he died. You probably know that Franz Schreker [sic] is dead since about 1934, and Alban Berg, Adolf Loos, Karl Kraus, Artur Bodanski and many more of my friends and professional collegues.–I am much worried about my poor sister Otti and my poor son Görgi. From him I had news before Pearl Harbour [sic] through a Swiss pupil of mine whom I asked to inquire. But since I am without any news and I am afraid to inquire through the Red Cross, because I am afraid it would make him suspicious to the Nazis.– Then there are Olga and Mela, whom I pity very much, and also Nachods from uncle Gottlieb and your brother Walter, and the Goldschmieds.

You want Jalowetz's address: Dr. Heinrich Jalowetz, Black Mountain College, Black Mountain, N.C.–He teaches there. I have not seen him since 1933 when I lectured in Köln.

I am glad to learn that you have setteld [sic] down so satisfactorily in England. You sing "Lieder": does this mean you give recitals? You have good pupils: are they able to sing modern music? I often remember some of your performances of my music. These have been better times, for instance in Amsterdam with Gurrelieder or Leipzig.

Verso   I have starred (**) those four points upon which I would like to have your reply. Give all of them my most hearty greetings-but with the exception of Dr. Egon Wellesz.

I am retiring in September from University of California-not voluntarily, but according to unbendable regulations. I will not receive a pension, because I was there only eight years. But I am not afraid of the future, because I have some confidence in my works and there are still private pupils coming. Unfortunately I have been sick since about February. Probably caused by a severe flu, I had diabetes and my asthma was again very bad, though I had stopped at once smoking. I am not yet quite restored, but very much better and especially the diabetes has improved tremenduously [sic], thus at my last test I had normal blood sugar.

As to my compositions: I hope it will not take too long that we might communicate more freely and then you will see a list of the works I have written in these times. Among them is a Violin Concerto and a Piano Concerto, which was broadcast last year and which you could perhaps have heard. In November this year there will be (Nov. 26) a new work of mine broadcast: "Ode to Napoleon Buonaparte" by Lord Byron, which many people will relate to Hitler and Mussolini. Perhaps you and other of my friends might hear it on shortwaves.

My family consisting of my wife (we had yesterday the twentieth anniversary of our wedding) daughter Dorothea Maria Nuria 12, two sons: Rudolph Ronald, 7 and Lawrence Adam, 3. Enclosed you find some photos. Show them to my friends. We are at present all right, only Gertrude as we can not get any servant, is very much tired from housework. Nuria is already a little lady and helps much in homework. The boys of course are small and need care. They are what we called in Europe, war children. But we enjoy everyone of them very much, which will not surprise you.

Now I have written much about me. Perhaps I will after my anniversary write again a "journal" as a message to my friends.

Let me hear from you. Many cordial greetings, yours

Arnold Schoenberg

Enclosed photos,
but there are
no good ones
of my wife
and Nuria

ITEM 55a

PAGE	113
SIZE	16.5 x 9.3
DATE	1 September 1944
MEDIUM	Typewritten in black ink; pencil; blue ink; black rubber stamp ink

Recto   Arnold Schoenberg
116 N. Rockingham Avenue
Los Angeles 24, California
[The address is partially obscured by the examiners stamp.]

Mr. Hans Nachod
28 Romney Raod
Kendal, Westmorland
England

ITEM 56

PAGE	114
SIZE	18.5 x 26.7
DATE	3 October 1944
MEDIUM	Printed in black ink; blue-black ink

Recto   Mr. Hans Nachod
Los Angeles, California
October 3, 1944

Dear Hans

For more than a week I tried composing a letter of thanks to those who congratulated me on the occasion of my seventieth birthday. Still I did not succeed: it is terribly difficult to produce something if one is conceited enough to believe that everybody expects something extraordinary from you at an occasion like this.

But in fact the contrary might be true: at this age, if one is still capable of giving once in a while a sign of life, everybody might consider this already as a satisfactory accomplishment. I acknowledged this when my piano concerto was premiered and to my great astonishment so many were astonished that I still have something to tell. Or perhaps, that I do not yet stop telling it—or that I still am not wise enough to surpress it—or to learn finally to be silent at all?

Many recommend: "Many happy returns!"
Thank you, but will this help?
Will I really become wiser this way?
I cannot promise it, but let us hope.

Most sincerely with many thanks, yours
Arnold Schoenberg
Arnold Schoenberg

I sent also a letter for Dr. Oscar Adler to your address. Do you know where he lives? Did you receive my air mail letter about 6 weeks ago?

ITEM 56a

PAGE   115
SIZE   16.5 x 9.1
DATE   11 October 1944
MEDIUM   Blue-black ink; black rubber stamp ink

Recto   Arnold Schoenberg
116 N. Rockingham Avenue
Los Angeles, California
Phone Arizona 35077
[The above address is partially obscured by the examiners stamp.]

Mr Hans Nachod
28 Romney Road
Kendal, Westmorland
England

ITEM 57, 57a

PAGE 116-118
SIZE 20.1 x 25.1
DATE 30 November 1944
MEDIUM Typewritten carbon copy in black ink

Recto Hans Nachod
Page 1 28 Romney Rd.
Kendal, Westmorland, England

To Mr. Arnold Schoenberg
116 N. Rockingham Av.
Los Angeles Calif.
30th November 1944

Dear Arnold,

That was a real present to me: two letters from you, after years of silence.–Why I didn't reply immediatly [*sic*]? Because I was anxious not to waste the opportunity to keep in touch with you, and close down our correspondence again, by answering too quickly. Your urgency, in your last letter to make me replying [*sic*], gave me hope, and so I am hurrying up my answe[r.] First of all I thank you very much for the photos. I was surprised to learn that the many years which have passed since we have met, for the last time, have not changed your appearence [*sic*], as I expected it, and as I think that I have changed my own appearence [*sic*]. The two boys look lovely. It seems to me that the older one does look like his mother. The sunshine of California, which can be seen on those photos, made me envy all of you in that country, because of the lack of sunshine we have in northern England[.] I am sorry that you could not send me also pictures of your two ladies, as you call them, but I do hope that you will make it up soon, by sending some. I am not so lucky to send you pictures of a family of mine. My fate was very different, and the life I lived denied me this fulfilment of a man['js life. Often I am very sad about it, but the old saying reads—One can never know whether such thing is good or bad. Anyway I am living with a lady friend, and she has got a son. This is some substitute for the absence of a family.

On the occasion of your 70th birthday there were different celebrations in England. The papers brought articals [*sic*], and the B.B.C. transmitted a speech of a certain Mr. Edward Clark, who said, that he was your pupil in Zehlendorf, many years ago. I think I remember him, and I believe to have met him at the time, I was studying with you in Zehelendorf [*sic*]. Clark played different records, and among them Toves song: Nun sag' ich Dir zum ersten Mal.—I do not know who the singer was. It seemed to me that it was an old record. I heard during the last time two performances of your new setting of "Verklärte Nacht" (records) on the air, and sometimes I read of performances of works of yours in the papers.

I have the impression that the youth of England is in faviour [*sic*] of "modern" music, as far as it is acquainted with it, and also a general increase of interest for music can be observed in Britain. Remarkable is the rising interest for musical study. In spite of war conditions, and the fact that nearly all young women and boys are called up, all music teachers have more pupils now, as they had before the war. I personally think that this is owing to two great influences. After all to the daily performances of good music on the air, which introduce good music to the people and make them love it, and to the fact that Britain has slept for so long, seems to have wakened up by the misfortune of this war and culturally encouraged by the terrible example of the German decay. It seems to be always like that, that if one does see someone whom one always thought to be better,

Verso
Page 2

to Mr. Schoenberg

decaying, one is pushed ahead oneself. So the British think: The German time is over, why not we now? Yes: The German time is over. I often think of beautiful Germany and good old Vienna, and then sadness comes into my mind, but I am in the position of someone whose brothers became members of a murder gang, and have to watch the execution of them. Thanks to the good God: we are not among them anymore.

I thank you very much for the different news concerning friends. I knew about Schrecker, Berg[,] Loos, Kraus, Bodanzky, but I didn't know about Zemlinsky. You don't seem to know anything about Webern? I thank you very much for letting me know Jalovetz [*sic*] address. I shall write to him. He was my "Weggenosse" for the most time of my life. I met him first in the "Volschule"[*sic*]. His father and my grandfather were friends about this time. He was always one Klasse higher than I. We went to the same Gymnasium in Sperlgasse. Later he joined you, than [*sic*] we were together (2 years) in the Volksopera [*sic*] under Zemlinsky, and we worked at last for nearly 10 years in Prague. I sang under him in Stettin and Berlin, and I met him in Cologne. I saw him for the last time in Prague, before he went to America. He didn't look well about that time[.] How is he now? Also Webern was for a long time my so called "Weggenosse"[.] Can you imagine him to have turned being a Nazi? I hope not, but we have had so much surprise in this concern that I should not be surprised in this case.—There are still a lot of people in my memory of which I should like to know what they are doing, as f.i. [*sic*] Stella Eisner. What you write about your health doesn't sound so bad to me. You have never been without any inconvieniences [*sic*], as far as I remember, but the credit side of your health was always bigger than the debit side, and so it seems to me it is now. I am also complaining of different things; after all of high blood pressure, but I don't care and live on as ever. I enjoy the wonderful country, in which I live, and greet every day as a new possibility to praise wonders in nature and art. I am very happy and glad to learn that your glorious gift of God is still working and you create new works. I am very sorry that I have so little opportunity to listen to performances of your new works. May be [*sic*] that your retiring from the University gives you more time for composing[.] As for my life: it is explained in those words, that I definitly [*sic*] decided, never to leave my art profession any more, if there is any possibility to keep on with it. At the moment I am very satisfied, because I have much success as a singing teacher, and a lot of pupils. Two weekas [*sic*] ago I arranged a recital of nine of my pupils which met with great success. May be [*sic*] that one or the other of my younger girls will take up singing as a profession and make my name better known.

You asked me whether we are doing modern music as well. More or less. There are two difficulties: The first is that I have to consider that modern music has to be brought to them slowly because of the fact that most of them are not acquainted with it and then, that we can't get the music. Everything is out of print, and my own music is in Vienna. We have here a so called modern composer, Dr. Armstrong Giggbs [*sic*]. He lives in Windermere, quite hear [*sic*] from Kendal, and I know him well, but he is of second rate importance and cannot be called an asset for making propaganda for the new form of music.

Recto
Page 3

To Mr Schoenberg

Since I am mainly teaching, I mediate [*sic*] on different things concerning voice production and composition for voice, which gards [*sic*] or spoils, leads or misleads us singers, because we have to follow the demands and to put up with the problems which composition wants us to solve. I know since long that many of the vocal compositions of the last 100 years or more, especially compositions for the stage, as opera or such like, have done a lot of harm to beauty and easiness of the voice, by overdramatizing vocal parts. I was myself such a victim, but I learned a lot from my mistakes and was able to put right my own voice again as well as protecting many others to make the same mistakes. I know that one cannot unite to sing a beautiful legato, soft and mellow notes with singing Tristan, Siegfried, Isolde and even Verdi[']s Othello or female parts like that. Please do not misunderstand me. I love Tristan and Isolde[']s music ardently, but I would nobody advice to sacrifice his voice in singing the part of Tristan. It could be said much, much more about it, but I do not want to do this unquestioned to you dear friend and master. What I want is to know, whether you appreciate that point of view or not, because I have accomplished a book on singing and voice production and would be very glad to know what you think about overdramatizing of the human voice, and whether you think that modern composition or say modern composers are aware of the necessity of considering that matter. I do hope that you don't mind me putting this question to you. In finishing this letter I answer your questions of your letter from September:

Dr. Oscar Adler[']s address: Gale Cottage, Ambleside, Westmorland. I meet him from time to time. He is in good health, and so is his wife Paula. He plays violin and lectures on music and different other things and is a nice old fellow. I intend to go to Ambleside one of the next days and we than [*sic*] will write a letter to you together.

Dr. D. Bach: I wrote to London to get informations [*sic*] and I shall let you know as soon as I get reply. I met him some years ago in London, but I have not heard of him since.

Erwin Stein: It is just a year now, when the son of the lady of whom was in London and saw Stein on my request, because I wanted to know whether he had informations [*sic*] about you. I have not seen him since long. At that time he was all right and doing well.

Karl Rankl: I could not say anything about him.

I hope for my heart, that our correspondence will not dry up again. It would be a great disappointment to me. I am not only one of your last of the old ones, I am also proud of you because I am your cousin and have been your singer too. I think that[']s enough to be conceited and arrogant.

All the best to you, to your wife and children

ITEM 58

PAGE	119-120
SIZE	20.1 x 25.5
DATE	Undated
MEDIUM	Typewritten carbon copy in black

Recto   Lieber Arnold!

Meine Gratulation zu Deinem Geburtstag kommt zu spät, aber ich hoffe Du nimmst sie doch, wie sie gemeint ist, als von ganzem Herzen kommend.

Der Grund, warum meine Gratulation zu spät kommt ist, dass ich gerade zu der Zeit Deines Geburtstages nach 5 Jahren wieder einmal in London war. Ich ging dort natürlich auch zu Boosy [*sic*] und Hawkes und sprach mit Erwin Stein. Er lässt Dir folgendes sagen: Er ist furchtbar beschäftigt und hat deshalb nicht aufgehört an Dich zu denken. Er schreibt Dir im Geiste jeden Tag und er verschiebt den geschriebenen Brief ebenso jeden Tag. Schoenberg ist und bleibt eine Herzenssache für mich sagte er. Schreiben Sie ihm das. Ich habe diesen Auftrag hiermit erfüllt.

Stein ist gesund und es geht ihm scheinbar glänzend. Er steht bei seiner Firma inmitten des englischen Musiklebens und dirigiert auch manchesmal im Radio.

Ich weiss nicht, ob ich Dir auch von Dr. Karl Rankl geschrieben habe, dass er viel dirigiert und grossen Erfolg hat. Da er in London vor nicht all zu langer Zeit Deinen Pierot [*sic*] Lunaire dirigierte, so bist Du wohl über alles informiert. Ich teile Dir aber dennoch seine Adresse mit: Yatscombe Cottage Boar's Hill Oxford.

Es ist heute Sonntag und da lese ich die grosse englische Sonntagszeitung "The Observer". Heute steht nun ein sehr freundlicher Artikel über Dein letztes Klaviekonzert [*sic*], das in London vor einigen Tagen aufgeführt wurde. Ich sende Dir die Zeitung seperat [*sic*].

Es geht mir im allgemeinen gut, aber ich glaube, dass man in England als jüdischer Refugee nicht wird bleiben können, da hier eine grosse Campagne für die "Heimkehr" der Refugees gemacht wird. Ich werde keinesfalls dahin zurück kehren, wo man unsere Brüder und Freunde, unsere Mütt und Kinder grausam ermordet hat, sondern wahrscheinlich sehr bald den Entschluss fassen, alles daran zu setzen, nach Amerika zu gehen. Man wird uns hier vielleicht zunächst nicht hinaus werfen, aber man wir[d] uns Arbeitsschwierigkeiten bereiten. Ich habe in Kendal nur während des Krieges gesessen und will wieder in die Grosse Welt, aber mein Gesanglehrer Permit lautet nur für Westmorland und ich traue mich nicht um die Uebertragung dieses Permits nach London anzusuchen, weil ich eine Ablehnung fürchte, wie die Dinge jetzt liegen.

Wie geht es Dir lieber Arnold? Bist Du gesund, hast Du von Otti gehört oder von Görgi? Wie geht es Deiner Familie? Auf das Bild von Deiner Frau warte ich noch. Ich würde mich sehr freuen, wenn ich eines bekäme. Ich sprach in London die Tochter meines Freundes, Mrs. Susan Mann, die Berthold Viertels Nichte ist. Sie erzählte mir, dass sie vor zwei Jahren mit Steuermann öfter bei Dir war und beschrieb mir Dein Haus und Deine Familie. Werde ich das wohl einmal zu sehen bekommen?

Verso paper turned upside-down

Kannst Du mir sagen, wie ich zu dem englischen Text der Gurrelieder kommen kann? Ich möchte einiges daraus singen und vor allem meines Schülerinnen einmal etwas von Dir singen lassen. Ich glaube, dass alles in dieser Beziehung, auch hier, hilft, Deine Music [*sic*] unter das Volk zu bringen.

Lasse bitte von Dir hören, lieber Arnold und nochmals viele gute Wünsche zu Deinem Geburtstag.

Viele, herzliche Grüsse an Deine Frau und Kinder

Dein getreuer

28 Romney Rd.
Kendal, Westmorland
England

Ich werde meine Adresse anfangs November ändern und Dir die geänderte Adresse mitteilen, sobald ich sie weiss. Alles was Du vor anfangs November an mich schreibst bitte an die obige Adresse. Ich glaube aber, da ich Briefe nachher am sichersten erhalte, wenn Du sie nach London N.W.2 Criclewood [*sic*] 172 Ashford Court, c/o Mrs. Hersberg sendest.

ITEM 59

PAGE   121
SIZE   20.5 x 33.1
DATE   15 October 1945
MEDIUM   Printed black ink; typewritten in black ink; blue-black ink

This is an Affidavit of Support. See the section of **Illustrations** for complete text.

ITEM 60

PAGE   122-123
SIZE   20 x 25.5
DATE   27 November 1945
MEDIUM   Typewritten carbon copy in black; blue-black ink

Recto   11 Park Av.
Kendal, Westmorland, England
27.11.1945

Lieber, guter Arnold!
Was soll ich sagen?–Soll ich sagen, dass es eine besondere Ueberraschung für mich war, dass Du mir ein Affidavit schicktest? Soll ich sagen, dass ich es für möglich hielt, dass Du auf meinen Rufnicht reagieren würdest?–Nein lieber Arnold. Ich habe mit Dir gerechnet, weil ich Dich kenne und nichts anderes erwartet, als das, was Du getan hast; Nämlich als allererster und ohne Zögern, das erbetene Affidavit geschickt. Ich wusste, dass Du mein Freund bist, wie ich auch immer der Deinige war und ich wusste auch, dass abgesehen von den "Blut ist kein Wasser" Beziehungen und unabhängig von gross zu klein, stets irgend etwas zwischen uns war, dass menschliche Sympathien schuf. Du warst aber auch immer wie der grosse Bruder zu mir. Ich empfand es so, als ich jung war. In Zeiten in welchen ich noch gar keine Ahnung hatte, dass Du der Arnold Schoenberg wärest, sondern nur der Arnold warst und Dich sehr "bossy" zu uns kleineren benahmst, Dich hinter Meinen und Witzen verstecktest, waren wir schon und allen voran ich, die "Deinen". Ich glaube auch, dass Du das immer gewusst hast und, dass Du wusstest, dass Du auf mich bauen konntest. Du hast keinen verlassen, auf den Du Dich verlassen konntest. Ich habe keinen gefunden, der nicht der gleichen Ansicht war. Sogar Deine Gegner reden von der "verführerischen" Gefährlichkeit Deiner Freundschaft und Persönlichkeit. Das kann man in Büchern lessen [*sic*]. Das hat sogar einmal Wellesz gesagt, als wir auf der Isle of Man Haus an Haus wohnten. Aber trotz all dem. Ich danke lieber Arnold von ganzem Herzen und ich danke auch Deiner Frau. Warum? Das wirst Du schon selber wissen.
Bisher waren alle meine verschiedenen Versuche, nach Amerika zu gehen, misslungen. Ich

hatte dreimal die Chance und dreimal gelang es nicht. Es war immer der Krieg und die Ueberfahrtschwierigkeiten an denen ich scheiterte. Der Krieg dauerte ja lange genug für dreimaliges scheitern. Inzwischen sind fast sieben Jahre vergangen seit ich nach England kam und ich hatte mich an den Gedanken gewöhnt, mein Leben in England zu beschliessen. Das sogenante [*sic*] Free Austrian Movement (Austrian Centre), machten allerdings all die Jahre eine ungeheuere Propaganda für das "Nachhausegehen" und "aufbauen helfen", aber ich habe diesen teils aus Unverstand, teils aus sträflichen Verrat an den Leidensgenossen handelnden Leuten niemals Beachtung geschenkt. Das Vaterland ist tot. Das was wir liebten und unser Vaterland, Deutschland oder Oesterreich war kann nicht mehr zum Leben erweckt werden. Wir sind entwurzelt und danken Gott, dass wir überhaupt noch Wurzeln haben, denn man hat uns mit Stumpf und Stiel ausgerissen und nicht verpflanzt, sondern auf den Misthaufen geworfen. Jetzt aber, wo das Vaterland der Misthaufen geworden ist und wir das Glück hatten auf gesegnetem Boden zu fallen, sollen wir unseren Mördern und Dieben, die heute noch unser Vaterland representieren, aufbauen helfen und uns

Verso   in die Reihe unserer Verfolger stellen um ihnen zuhelfen [*sic*]? Wir sollen denen helfen die uns zugrunde gerichtet haben, die jetzt dafür gestraft sind, weil sie zu Verbrechern wurden und die zu Verbrechern werden mussten, weil das, was sie uns taten nur zu Verbrechen führen konnte. Das wissen die Vernünftigen im Austrian Centre und Free German oder Austrian Movement ganz genau selber. Warum handelten sie so? <u>Weil die englische Regierung das gerne sieht</u>. Dieser unterstrichene Satz ist nicht von mir. Das hat mir ein Falott gesagt, der im Austrian Centre eine führende Rolle spielt, als er in die Enge getrieben, nicht mehr wusste was er antworten solle. Die jungen und unerfahrenen Menschen, die geistig "Defenselosen" fallen aber auf diese Propaganda hinein. Ich machte mir keine Illusionen. Ich weiss und wusste, dass die Engländer uns nicht wollen. Vielleicht würden sie gerne Nazis aufnehmen, denn sie brauchen Menschen in England, aber Juden behalten sie nur, wenn sie müssen. Du hast sicher gehört oder gelesen, was sich in der letzten Zeit alles abspielte. Ich schrieb in meinem Rundschreiben auch über die Vorgänge in England über die Hetze gegen uns. Wir alle rechneten mit der Labour Party, aber wir wussten und fürchteten auch, dass die Conservativen mit antisemitischer Propaganda beginnen werden, wenn die Labour die Wahlen gewinnen. Man tut natürlich in England so etwas nicht, wie man es in Deutschland tat, hier schickt man andere voraus und sagt dann "mein Name ist Haase, ich weiss von nichts" [.] Das ist der Grund, weshalb ich, alt und bedürftig nach Sesshaftigkeit, ... wieder wandern muss. Das Wandern wird dieses Mal vielleicht endlich an das Ziel führen. Ich will natürlich beim Leisten bleiben und Gesangsunterricht geben. Was soll ich denn neu beginnen. Das hätte keinen Sinn. Hier, wo ich lebe habe ich viel Erfolg mit meinem Gesangsunterricht. Vor wenigen Tagen konnte ich schon das dritte Schülerkonzert veranstalten. Ich gebe auch Lectures und halte Vorträge über die Gesangskunst und kann nicht sagen, dass ich bis jetzt auch nur einen einzigen Fall erlebt hätte, wo meine Vorträge über die Gesangskunst nicht grosses Interesse erweckten. Ich lege Dir ein Programm von meinem letzten Schülerkonzert bei, damit Du eine Ahnung hast, was wir singen. Das Programm ist nicht nach meinem Geschmack, aber es sind zwei Dinge, die bestimmend sind. Erstens, dass es in Britain sehr wenig Noten gibt. Das klingt merkwürdig, aber es ist so und zwar, weil in London während der Air-Raids alle Vorräte vernichtet wurden und während des ganzen Krieges nur wenig gedruckt wärden [*sic*] konnte; ausserdem, oder zweitens, muss ich natürlich gewisse Rücksichten auf den Geschmack meiner Schüler und meiner Zuhörer nehmen. Ich lasse mich in dieser Beziehung nicht vollkommen bestimmen, aber doch teilweise.– Ich habe verschiedene Versuche gemacht Lieder von Dir zu bekommen und selbst aufzuführen oder von meinen Schülern singen zu lassen und mich deshalb wiederholt an Stein gewandt, aber nichts bekommen können. Es ist eben mit allen Noten dasselbe. Kannst Du mir sagen, ob eine englische Uebersetzung der Gurrelieder exestiert [*sic*]?–Ein grosse [*sic*] Glück war mir beschieden ich hatte Nachricht aus Wien, dass mein Bruder Walter lebt. Ein englischer Soldat brachte mir die nachricht [*sic*]. Näheres weiss ich noch nicht, weil man noch nicht schreiben kann [.] Ich werde Dir schreiben, wenn ich mehr weiss. Dagegen sind Heinrich Goldschmied, Edmund Goldschmied, Robert u. Felix Nachod mit . . . Nachod sind alle nach Blcec [Belcec?] transportiert worden u. wahrscheinlich alle tot. Liebster Arnold bleibe gesund, Du sowohl, als auch die Deinen und wenn Gott will sehen wir uns wieder.

Dein Hans Nachod

ITEM 61

PAGE   124-125
SIZE   20.4 x 26
DATE   6 September 1949
MEDIUM   Typewritten carbon copy in black ink

Recto   6 September 1949

Mein Lieber Arnold!
Geburtstagbriefe fielen mir immer schwer. An Dich zu schreiben, um Dir zu Deinem 75. Geburtstag zu gratulieren ist jedoch wesentlich leichter, denn in Deinem Falle brauche ich keine Redensarten zu suchen. Wenn ich schreibe, wie es mir wirklich um das Herz ist, wenn ich an Dich und an Deinen Geburtstag denke, ist es gut genug. Ich denke an Dich, wie man an seine schöne Vergangenheit denkt an die man denkt in jener Verklärung alle Dinge habe zu denen man so viel Distanz hat und von denen man weiss, dass sie die Höhepunkte des gelebten Lebens waren, an die Dinge die man so gerne wieder haben möchte, wenn das ginge. An die Dinge auf die man stolz ist, weil sie einem Wert geben und zeigen, dass man auch einmal dabei war als sich grosse Dinge ereigneten, dass man sogar mitwirken konnte an den Dingen die zu den Grosstaten dieser Welt gehörten. So denke ich an Arnold Schoenberg und so denke ich an Dich zur Zeit Deines 75 Geburtstages an dem mein Gedenken zu Dir in die weite Ferne geht. Meine Wünsche aber sind, dass Du diesen Tag in froher Laune und Gesundheit verbringen mögest mit Deiner Frau, Deinen Kindern und den Freunden, die Du dort hast.
Im Juni hatte ich das Vergnügen Mr. Langlie hier kennen zu lernen, der mir viel über Dich erzählen konnte. Leider kam Mr. Langlie unangemeldet und hatte nur wenig Zeit in London, so das Vergnügen ein kurzes war. Seine treue Anhänglichkeit an Dich und seine angenehme Art machte mich aber rasch vertraut mit ihm. Anbei eine Photographie von uns beiden, die am 25. Juni am Trafalgar Square von einem Strassen Photographen aufgenommen wurde. Durch Mr. Langlie wirst Du wohl alles wissen, was Du von Deinen Londoner Freunden und Schülern wissen möchtest. Du hast wohl auch gehört und gelesen von der höchst erstaunlichen Angelegenheit, dass Steins Tochter den Neffen des englischen Königs heiraten wird und zwar nicht in der Form, wie das in solchen Fällen gewöhnlich geschieht, sondern

Verso   ganz richtig, mit Gepränge und als vollwertige Gattin des llten in der Folge auf den englischen Tron [*sic*]. Ich weiss nicht ob sie ein "grosses Glück macht", aber wir Juden in England sind stolz auf die Anerkennung, die uns gewissermassen damit erfährt und glauben mit Recht, dass diese Affair zeigt, dass England ein wirklich liberales Land ist. Ich sage das nicht, weil ich ein

Monarchist bin, sondern weil diese Angelegenheit wirklich erfreulich ist.

Von mir ist nichts weiter zu berichten, als, dass ich viele Schüler habe und doch über kurz oder lang einen oder zwei Sänger herauszubringen hoffe, die von sich reden machen werden.

Sei vielmals und herzlichst gegrüsst und grüsse auch Deine Frau und Kinder von mir. Auf ein Bild Deiner Gattin warte ich immer noch.

Dein

ITEM 62

PAGE	126
SIZE	21.8 x 28.2
DATE	16 September 1949
MEDIUM	Mimeograph in black ink

Recto   Erst nach dem Tode anerkannt werden - - - - - !

Ich habe in diesen Tagen viel persönliche Anerkennung gefunden, worüber ich mich sehr gefreut habe, weil sie mir die Achtung meiner Freunde und anderer Wohlgesinnter bezeugt.

Andrerseits aber habe ich mich seit vielen Jahren damit abgefunden, dass ich auf volles und liebevolles Verständnis für mein Werk, für das also, was ich musikalisch zu sagen habe, bei meinen Lebzeiten nicht rechnen darf. Wohl weiss ich, dass mancher meiner Freunde sich in meine Ausdrucksweise bereits eingelebt hat und mit meinen Gedanken vertraut worden ist. Solche mögen es dann sein, die erfüllen, was ich vor genau siebenunddreissig Jahren in einem Aphorismus voraussagte: "Die zweite Hälfte dieses Jahrhunderts wird durch Ueberschätzung schlecht machen, was die erste Hälfte durch Unterschätzung gut gelassen hat an mir."

Ich bin etwas beschämt über all diese Lobpreisungen. Aber ich sehe dennoch auch etwas Ermutigendes darin. Nämlich: Ist es denn so selbstverständlich, dass man trotz dem Widerstand der ganzen Welt nicht aufgibt, sondern fortfährt aufzuschreiben, was man produziert?

Ich weiss nicht, wie Grosse darüber gedacht haben. Mozart und Schubert waren jung genug, dieser Frage nicht näher treten zu müssen. Aber Beethoven, wenn Grillparzer die Neunte konfus nannte, oder Wagner, wenn der Bayreuther Plan zu versagen drohte, oder Mahler, wenn alle ihn trivial fanden - wie konnten diese weiterschreiben?

Ich weiss nur eine Antwort: sie hatten Dinge zu sagen, die gesagt werden mussten. Ich wurde einmal beim Militär gefragt, ob ich wirklich dieser Komponist A.S. bin. "Einer hat es sein müssen", sagte ich, "keiner hat es sein wollen, so habe ich mich dazu hergegeben."

Vielleicht musste auch ich Dinge sagen, unpopulär anscheinend, die gesagt werden mussten.

Und nun bitte ich Sie alle, die Sie mir mit Ihren Glückwunschen und Ehrungen wirkliche Freude bereitet haben, die anzunehmen als einen Versuch, meine Dankbarkeit auszudrücken.

Vielen, herzlichen Dank!

Arnold Schoenberg

Los Angeles, California, 16. September 1949

ITEM 62a

PAGE 127
SIZE 16.6 x 9.2
DATE 21 October 1949
MEDIUM Typewritten in black ink; black rubber stamp ink

Recto Arnold Schoenberg
116 N. Rockingham Avenue
Los Angeles 24, Calif.
Phone - Arizona 3-5077
New Zone Number "49"

                            Mr Hans Nachod
                            70 Dartmouth Road
                            London N.W.2.
                            England

PROOF SHEETS / GURRE-LIEDER

ITEM 63

PAGE   128
SIZE   Total format: 29 x 34; proof sheet size: 26.6 x 34
DATE   20 August 1912
MEDIUM   Printed in black ink; pencil; purple rubber stamp ink; a variety of colored pencils

Recto   Arnold Schönberg, Berlin Zehlendorf-Wannseebahn
Machnower Chaussee, Villa Lepcke

     Gurre Lieder   30 Au 4i/181
     Partie des
     Waldemar

     Nachod Hans
     ~~New Yor~~   70 Dartmouth Rd
     London N.W.2
     England

Verso   El . . . . Nachod

The page proofs (Universal Edition U.E. 3969) are glued at the four corners to larger and heavier sheets, the whole being sewn into a signature. Stamped on the back of each proof sheet is the following:

. . . Verlags - Aktiengesellschaft
vorm.
Waldheim, Josef Eberle & Co.
20. Aug. 1912
KORREKTURABZUG
Wien, VH . . Seidengasse 3-9
Musik-Abteilung

ITEM 63a

PAGE   129

Page 12

measure 10   rehearsal number ⑨

12   1 2 3 4 5 6

ITEM 63b

PAGE   130

Page 13

measure 1   *p* in piano part

2   *hoch*

4   beat 3 above 𝄐 in Waldemar's part

5   beats 1 & 2 in Waldemar's part / G → F in piano part (bass line)

6   — over ♪ B♭ / slur to next measure

7   breath mark after ♩. C♭

10   *hell*

13   breath mark after ♪ E♭

15   — over second ♪ F

ITEM 63c

PAGE   131

Page 14

measure   *2*   *hell*

4   *hoch hell* / breath after second ♩ B

5   *Kopf*

6   ⟍⟋ over third beat ♩ E♭

7   ♩ F marked **pp**

8   breath after B♭

8-9   phrase mark from ♩ A to ♩ E♭

ITEM 63d

PAGE   132

Page 15

measure   *1*   *dunkel Kopf* over first ♩ B

4   *Auf!* over ♩ E

7   regt → *rührt*

8   der → d*as*

10   Laut → Lau*b* / breath mark after ♩ A♯

10-13   phrase mark from first ♪ B to ♩ E

ITEM 63e

PAGE 133

Page 16

measure 1-2 ◁══

6 *lachend*

6-7 phrase mark over ♩. A♭ to ♩ G

7 ══▷ after ♩ G

8 ■*p*

10 ◁══ over ♩ F and ♩ E♭ / *p* over ♩ E♭

11 ◁══ ══▷

14-15 ◁══

16-17 ══▷

ITEM 63f

PAGE 134

Page 17

measure 1 breath mark before ♩ C♭ / *Breit*

2-3 ══▷ (♩ D to ♩. D♭)

4 *pp*

ITEM 63g

PAGE   135

Page 23 (the beats are marked 1 2 3 over each measure)

measure   6   second ♪ D♯ → ♪ C♯

ITEM 63h

PAGE   136

Page 24 (all the measures except measure 2 have the beats marked)

measure   4   deutlich

         7   [——] lich

ITEM 63i

PAGE   137

Page 25 (all the measures except measure 1-2 have the beats marked)

measure   1   weich

         3   beat three marked 3

ITEM 63j

PAGE 138

Page 26

measure 2 beats three and four marked 3 4

3 beats one marked 1

4 beats three marked 3

5 beats marked 1 2 3 4 / ⁀ over ♪ G, ♪ F♯, & ♩ B♭

6 beats marked 1 2 3 4

7 beats marked 2 3 4

ITEM 63k

PAGE 139

Page 27

measure 1 beats marked 4

4 beats marked 1 2 3

5 beats marked 1 2 3

6 beats marked 1 2 3 4

7 beats marked 1 2 3 4

8 beats marked 2 3 4

ITEM 63 l

PAGE   140

Page 28

measure   2   the "h" in *Wiehern* marked out

3   beats marked 1 2 3 / the "h" in *widerhalen* marked out

7   beats marked 1 2 3 4

ITEM 63m

PAGE   141

Page 29

measure   1   an "O" is written above *Ton*

2   breath mark between *klingt* and *nun* [?]

3   ♩ A → ♩ A♭ / the beats were first marked in 6 then crossed out and marked in 2

4   beats marked 1 2 / ◁══ over second ♩ E♭ to ♪ E

5   breath mark at double bar and meter change to 3/2 / an "O" written above *Vol-* / beats marked 1 2 3, this "three" was put above the ♩ F♯ then crossed out and added above the ♩ G♯

6   there is a √ mark between ♩ G♯ and ♩ F♯ [breath?]

ITEM 63n

PAGE   142

Page 37

measure	9	⬍ after ♩ A to ♩ D of the next measure
	10	⬍ after ♩ A to ♩. F♯ of the next measure
	12	breath mark after ♩ A
	13-14	*warm*
	17	***p***
	20	breath mark between the two ♩ F♯s
	21	⬍ over the ♩ B
	23	breath mark after ♩ A♯ / *halte*
	25	breath mark after ♩ B♭

ITEM 63o

PAGE   143

Page 38

measure	1	accent > above ♩. B♭
	3	⬍ from ♩ E to ♩ G
	4	breath mark after ♩. C♯
	6	beats marked 1 2 / ***p*** under *Nicht*
	7	*Tempo* / ⬍ starting from ♩ A into next measure the first ♪ D
	8	breath mark between the two ♪ B's
	9	⬍ from ♪ F♯ to ♪ D / — above ♩ B / breath mark at ♪ G♯ / *rit.* over ♪ D
	10	rehearsal number ⬜47⬜ / ⬍ from ♩. C♯ to ♩ C♯ / a phrase mark ties the two notes / a breath mark after ♩. C♯ / the ♩ C♯ is marked ***mf***

11   ♩. A♯ marked *mp* / ⟨ from ♩ B into the next measure / *Tempo* over ♩. A♯

12   ⟩ from ♩ D to first ♩ A / breath mark after ♩ D / — above second ♩ A /

      ⟨ and phrase mark from second ♩ A into next measure to ♩. E

ITEM 63p

PAGE   144

Page 39

measure *1*   breath mark after ♩ A / ⟨ and phrase mark from ♩ A♯ to ♩ C of
         next measure

      3   *p* over first ♪ F♯

      4   *p* over ♩. F♯

      5   ♪ E → ♪ D

      9   breath mark after ♩ E♭

    10   — over ♪ B♭ and ♩ F

    12   breath mark between the two ♩ D's

ITEM 63q

PAGE   145

Page 45

measure *1*   beats marked 1 2 3 4

      6   beats marked 1 2 3 4 / *mp* above Waldemar

      7   beats marked 1 2 3 4

      8   beats marked 1 2 3 4 / *nicht ritar.* / *hoch* above ♩. B♭ / *hell* above ♩. E♭

      9   beats marked 1 2 3 4 / breath mark between ♩. B♭ and ♪ B♭ it is then crossed
         out / *hell* above ♩. E♭

10   beats marked 1 2 3 4

11   beats marked 1 4 [!] 3 4

ITEM 63r

PAGE   146

Page 46

measure   2   beats marked 2 3 / f above first ♪ E♭

3   $\diagdown$ over entire measure / *hell* written twice above ♪ E♭ / breath at the end of the measure

5   *mf* / *sehr hell lachend* / breath after ♩ B

6   ... / *mf* after ♩ F♯

7   $\diagdown$ from ♩. G to ♪ F / $\diagup$ from ♩ F through ♪ E♭ / *gedeckt u* above ♩. G♮ / the f in the piano part is crossed out

---

ITEM 63s

PAGE   147

Page 47

measure   3   ♪ G → ♪ G♭

10   *poco rit.* / beats marked 1 2 3

11   beats marked 1 2 3

12   beats marked 1 2 3 / *sehr piano*

13   *hell* / **pp** / *sehr* over ♩ B and ♩ A / *etwas bewegter*

13-16 $\diagup$

14-16   slurred

16   breath mark after ♩ A

ITEM 63t

PAGE 148

Page 48

measure *1* ${}^{h}_{x}$ above ♪ B [?]

2 breath after first ♪ A

4 breath after ♩ A

5 ♩ F♯ to ♩ C slurred

7 ♩ F♯ to ♩ A slurred

8 breath mark after ♩ D♯

10 breath mark after ♩ A, this has a "?" in it

ITEM 63u

PAGE 149

Page 49

measure *1* breath mark [?] before ♩ B

14 ***ppp*** above ♪ A

15 an "x" above ♩ E and ♩ G♯ / breath after ♩ G♯

16 *lachend hell*

ITEM 63v

PAGE   150

Page 50

measure 2   breath mark after ♪ G, there is a "?" beside this breath mark

4   breath mark after the second ♪ C

9   breath mark after the first ♪ G

ITEM 63w

PAGE   151

Page 51 (there are no changes on this page)

ITEM 63x

PAGE   152

Page 58

measure 5-6   ♪ C to ♪ C♯ slurred

9   *lang* written above ♪ B♭

10   *bewegt!*

16-17   piano part octaves ♪ B tied which makes the ♪ B's in measure 17 natural

17   *lang* above ♪ F

17-19   ♪ F to ♩ A♭ slurred

19   ♩ F → ♩ A♭ , this A♭ has an "x" above it as does the ♪ A♭

19-21   ♪ A♭ to ♩ C slurred

23   breath mark after ♪ A♭

ITEM 63y

PAGE   153

Page 59

measure	2	*dunkel*
	7	"x"
	10	breath mark after ♩ F
	18-20	*mezza di voce*
	20	breath mark after ♩ D♯

ITEM 63z

PAGE   154

Page 60

measure	1	*bewegter*
	2	breath mark after ♩ B
	5	breath mark after ♩ B
	6	piano part octave ♪ A♭ should be natural. This is not changed in the printed score.
	9	"x" above ♩ D
	9-10	♩. B to ♩ F♯ slurred / breath mark after ♩ F♯
	11-13	♩ A to ♩ E slurred

ITEM 63aa

PAGE   155

Page 61

measure *1*   breath mark after ♩ G

   2-3   ♪ E♭ to ♪ D♭ slurred

   3   *legato*

   4   beat 1 marked

   5   — above ♩ F♯

   7   breath mark after ♩ E

  16   breath mark after ♩ C

  21   ***p***

21-24 ═══════▶

ITEM 63bb

PAGE   156

Page 88

measure *9*   *locker*

  11   *nicht zu . . .*

  12   beat 3 marked

  13   beat 1 marked

ITEM 63cc

PAGE 157

Page 89

measure 2   *sehr ergriffen*

       5   ♪ C♭ → ♪ C / "x" just above the word "Zeitmass"

       6   beat 3 marked

       8   beat 3 marked

      10   *nicht eilen* over ♪ B♯ to ♪ F♯, then *breit*

      11   *noch breiter* / — above ♪ G♯ / ◁ ♪ G♯ to ♪ G♯ / ◁ above ♪ C♯ / — above ♪ F♯

      13   beats 1 2 3 marked

ITEM 63dd

PAGE 158

Page 90

measure 1   beats 1 2 3 marked

       2   . . .

       3   beat 3 marked

       4   beat 1 marked / *steigernd*

       5   . . .

       7   ♪. E to ♪ E slurred / breath after ♪. E / "x" above ♪ E / *hämmern* above ♪ E♮

       8   beats 2 3 marked / a small "o" over first ♪ E and ♩ F♭ / . . .

ITEM 63ee

PAGE   159

Page 91

measure 1-2		beats 1 2 3 marked
	4	beat 3 marked
	5-8	beats 1 2 3 marked

ITEM 63ff

PAGE   160

Page 92

measure *1*   *Kurz* above ♪ E♭

2   beats 1 2 3 marked, 2 is placed over the second group of 32nd notes and then crossed out / a 𝄾 is added for beat two in the voice part

5   beats 1 2 3 4 marked, 3 & 4 are underlined / there is an "x" over ♪ A♭ / an ♮ between beats 2 & 3

6   beats 1 2 3 marked

7   beats 1 2 3 marked / beat two is underlined

ITEM 63gg

PAGE   161

Page 93

measure *1*   breath mark after ♪. C

3   breath mark after first ♩ A♭

ITEM 63hh

PAGE 162

Page 95 (the top of the page is marked thus:)

measure *14-18* beats 1 2 marked

19 beats 1 2 marked / through beat 2 is a bold line marking the spot where the duple rhythm will occur in the ♩ triplet

---

ITEM 63ii

PAGE 163

Page 96

measure *1* beat 2 marked

3 time sig. 6/4 / beats 1 2 marked

4 beats 1 2 marked / breath after ♩ C♭

6 "x" above ♩ A♭ / breath mark after ♩ A♭ / *rit.* and ⟫ above ♩ F, this ⟫ extends into the next measure to ♩ E

7 ⟪ from ♩. B♭ to ♩ D / breath after ♪ C, this C has an "x" above it

---

ITEM 63jj

PAGE   164

Page 97

measure   *1*   *rit.* above ♩. F / ♩ E♭ → ♩ E / an "x" [?] above ♪ C

4   beats 1 2 marked

5   ♩ = ♩ ♩ / beats 1 2 3 4 5 6 marked below the text / there is a verticle line through the staff between ♪ D and ♩. D♭

6   breath mark at the meter change

ITEM 63kk

PAGE   165

Page 98

measure   *2*   beats 1 2 marked / an "x" above ♩ B

3   *rit.* above ♩. E

4   *warten sehr breit* above the whole measure / ♪ B♭, ♩ E♭, ♩ F have "x" above them

7   ♩. B♭ to ♩. E♭ slurred with a ? / beat 2 marked

ITEM 63ll

PAGE   166

Page 144 (no changes, it is all accompaniment)

ITEM 63mm

PAGE   167

Page 145

measure 1   *Tempo* / ♩F to ♩. D slurred / an "x" above ♪D

3   **p** above ♩C that has been crossed out / ◁ ♩C to ♩E♭ / ▷ ♩E♭ to ♩B♭

5   an "x" above ♪D

7   **p** above ♩C that has been crossed out / ◁ ♩C to ♩E♭

9   large "X" above ♪F

11   **p** above ♩D that has been crossed out

12   breath mark after ♩G

13   breath mark after ♩E♭

17   an "x" above the 𝄾

ITEM 63nn

PAGE   168

Page 146

measure 6   **pp** at beginning of measure which is then scratched out / ◁ from ♩D♯ to ♩. E which is marked **p** / breath after ♩. E / 1/8 above ♪B

7   1/8 above ♪C♯

8   **pp** above ♩. F

8-9   ◁ above ♩. F to ♩. F

10   beats 1 2 3 4 / where beat 3 occurs 2 was written and then written over

---

ITEM 63oo

PAGE   169

Page 147

measure   *1*   ▬▬▬▶ over whole measure / an "x" above ♪ D♭ / breath after ♪ D♭

2   **p** over ♩ A which is then marked out / breath after ♩. A♭

3   breath after ♩ F, this breath mark appears to have been erased and placed after the ♩ D♭

4   **p** above ♩. A / the "♭" sign is marked out in front of this A / "a" under
Wal - / **f** above ♪ G♭ / beats 1 2 3 4 marked, the 4th beat is exceptionally bold

6   **p** at the beginning of the measure

7   **mf** above ♩ F / breath after this ♩ F / *weiter* [?] before ♪ E♭ / beat 4 marked

8   breath after ♩ E

ITEM 63pp

PAGE   170

Page 148

measure   *1* $\frac{\vee}{3}$ above ♩. E

4   beats 1 2 3 4 / *drängend* under ♩. G / *rit.* on triplet

5   beats 1 2 3 4 / *drängend* from ♪ D to ♩ F / *breiter* on triplet

6   **p** above ♩ C♭ / breath before ♩ C♭

7   ♩ A → ♩ A♭ / *rit.* / an "x" above ♩ G and ♩ E♭ / breath after ♩ G

8   beat 3 marked

ITEM 63qq

PAGE   171

Page 167

measure 9   *scharf*

10   *p* [?] / *hell* above ♩ F♯ / each note has a > above it / *ff* before *Du*

11-12   ♩ E to ♩ G slurred

13   ◁

14   ▷ over ♩ E to ♩ D / breath after ♩ D, there is a "?" in the breath mark ⱱ̇

14-15   ◁ over ♩ E to ♩ D / ▷ over ♩ D

16   beat 1 marked

ITEM 63rr

PAGE   172

Page 168

measure   1   *sehr hell markig* / breath after ♩. D

3   *p* above ♩. D / breath after ♩ F♯

5   > above ♩ E♯ / beats 2 3 4 marked

6   beat 1 marked / *mp* [?] above ♩ C♯ / breath after ♩ C♯ / an "x" above ♩ E

8   beat 1 marked

9   *gedeck*

10   there are four parallel lines running from the 2/4 to the beginning of measure 8 / over the quarter rest is the following:

ITEM 63ss

PAGE 173

Page 169

measure 3   breath after ♪ B♭

4   beats 1 & 2 marked / to the left of beat 2 is an 8 that has been marked out

6   there is a short verticle line above all the ♪ and a slur above the lines

7   beats 1 2 3 4 marked then lined through

8   beats 1 2 3 marked, then 3 was originally where 4 should have been and was then marked out

---

ITEM 63tt

PAGE 174

Page 170

measure 1   beat 2 marked / an "x" above ♪ F

MUSIC

<hr>

ITEM 64 / Items 64-73 are sewn into one signature

<hr>

PAGE	175
SIZE	24.5 x 31
DATE	Undated
MEDIUM	Brown and red ink; pencil; green, blue and brown pencil
TITLE	Oper "Norma" von Bellini
Instrumentation	Violin
MEASURES	92

<hr>

ITEM 65-65b

<hr>

PAGE	176-179
SIZE	24.5 x 31
DATE	Undated
MEDIUM	Brown ink; pencil
TITLE	No. 2 "Alliance Walzer" von Arnold Schönberg
Instrumentation	Two violins
MEASURES	Introduction, 39. Walzer I, 73. Walzer II, 42. Walzer III, 48. Coda, 71.

ITEM 66-66a

PAGE	180-181
SIZE	24.5 x 31
DATE	Undated
MEDIUM	Brown ink
TITLE	No. 3 "Irmen Walzer" von Hugo Susaneck
Instrumentation	Two violins
MEASURES	146

ITEM 67-67a

PAGE	182-183
SIZE	24.5 x 31
DATE	Undated
MEDIUM	Brown ink
TITLE	No. 4 "So wie du" Lied von Ludolf Waldmann
Instrumentation	Two violins
MEASURES	73

ITEM 68-68a

PAGE	182-183
SIZE	24.5 x 31
DATE	Undated
MEDIUM	Brown ink
TITLE	"Wiener Fiakerlied"
Instrumentation	Two violins
MEASURES	52

ITEM 69-69a

PAGE   184-185
SIZE   24.5 x 31
DATE   Undated
MEDIUM   Brown ink
TITLE   No. 5 "Sonnenschein" Polka schnell von Arnold Schönberg
Instrumentation   Two violins
MEASURES   59. Trio, 35.

ITEM 70-70a

PAGE   186-187
SIZE   24.5 x 31
DATE   Undated
MEDIUM   Blue-black and brown ink; pencil
TITLE   No. 6 "I. Lied ohne Worte" von Arnold Schönberg
Instrumentation   Two violins
MEASURES   27

ITEM 71-71a

PAGE   186-187
SIZE   24.5 x 31
DATE   Undated
MEDIUM   Brown ink; pencil
TITLE   No. 6 "II. Idylles Lied ohne Worte" von Arnold Schönberg
Instrumentation   Two violins
MEASURES   32

ITEM 72-72a

PAGE	188-189
SIZE	24.5 x 31
DATE	Undated
MEDIUM	Black ink
TITLE	No. 7 "III. Lied ohne Worte" von Arnold Schönberg
Instrumentation	Two violins
MEASURES	27

Note   The section in 3/4 time (11 measures) on page 188 seems to be a sketch unrelated to the "Lied ohne Worte."

ITEM 73-73b

PAGE	190-194
SIZE	24.5 x 31
DATE	Undated
MEDIUM	Black and red ink
TITLE	Untitled
Instrumentation	2 flutes, 2 oboes, 2 clarinets in A, 2 bassoons, 4 horns, 2 trumpets, 2 trombones, timpani, strings
MEASURES	38

ITEM 74-74a

PAGE	195-198
SIZE	25 x 32.2 single sheet
DATE	Undated
MEDIUM	Brown ink; pencil
TITLE	"Romance" (D moll) (ré mineur) pour deuse violons et alto par Arnaude Schönberg, Op. 1
Instrumentation	Two violins and viola. The first violin part is missing
MEASURES	166

ITEM 75

PAGE	199
SIZE	26.5 x 34.2
DATE	Undated
MEDIUM	Black ink
TITLE	Untitled
Instrumentation	Piano, 4 hands
MEASURES	25

ITEM 76 / Items 76-79 are on a double sheet of manuscript paper

---

PAGE	200
SIZE	26.5 x 34.5
DATE	9 February 1896
MEDIUM	Black ink
TITLE	Untitled
Instrumentation	Clarinet in B-flat, violoncello and piano
MEASURES	15

ITEM 77

PAGE	201
SIZE	26.5 x 34.5
DATE	Undated
MEDIUM	Black ink; pencil
TITLE	Untitled
Instrumentation	SATB chorus
MEASURES	9

Text   Die stille Wasserrose
Neigt aus dem blauen See.

Note   On the same page are some unrelated sketches.

ITEM 78

PAGE 202
SIZE 26.5 x 34.5
DATE Undated
MEDIUM Black ink
TITLE Untitled
Instrumentation SATB chorus
MEASURES 28

Text Viel tausend Blümlein auf der Au verwelken und verdorren.
Es labet sie kein' heissen Sehnsuchtstriebe
Weil einsam sie verlassen steh'n und finden keine Liebe.
Siehst du am Tag ein Blümlein . . . bring dich zu ihm her nieder.

ITEM 79

PAGE 203
SIZE 26.5 x 34.5
DATE Undated
MEDIUM Black ink
TITLE Untitled sketches
Instrumentation Unspecified

ITEM 80-80a / Items 80-81 are on a double sheet of manuscript paper

---

PAGE 204-206
SIZE 26.5 x 35
DATE Undated
MEDIUM Black ink
TITLE Gesang
Instrumentation Voice and piano
MEASURES 49

Text   Duftreich ist die Erde und Luft krystallen,
       und das Moos erzittert unter deinem Fuss.
    Aus dem Schilfrohr hör' ich's wie von Pfeifen
       schallen, und vom Hagedorn fällt holder Blütengruss.

    Und das Aug', von Freude nass, fragst du ja;
       was soll all das.
    Was ruft der Vogel und die Blume sch . . .
    Anders kommen doch der Liebe holde Wunder nicht.

Note   At the bottom of page 206, Item 80a is an open score system of three treble clefs and one
    bass clef.

ITEM 81

PAGE   207
SIZE   26.5 x 35
DATE   Undated
MEDIUM   Black ink
TITLE   Untitled
Instrumentation   SATB chorus

Text   Viel tausend Blümlein auf der Au

Note   Item 81 is the same as Item 78, however it lacks the last 8 measures of Item 78.

ITEM 82 / Items 82-85 are on a double sheet of manuscript paper

PAGE   208
SIZE   26.5 x 34.5
DATE   Undated
MEDIUM   Pencil
TITLE   Untitled. Ten harmony exercises

ITEM 83

PAGE   209
SIZE   26.5 x 34.5
DATE   Undated
MEDIUM   Pencil
TITLE   Untitled. Three figured bass exercises

ITEM 84

PAGE   209
SIZE   26.5 x 34.5
DATE   Undated
MEDIUM   Pencil
TITLE   Untitled sketches
Instrumentation   Unspecified

Note   There are two different sketches in this item. The first has 12 measures; the second has 16.

ITEM 85

PAGE   210
SIZE   26.5 x 34.5
DATE   Undated
MEDIUM   Black ink
TITLE   Untitled
Instrumentation   Voice and piano
MEASURES   26

Text   Mein Schatz ist wie ein Schneck.
Kaum schickt er seine Äuglein aus und komm ich
    sanft wie eine Maus. Hupf! fährt er in sein Schneckenhaus.
Da trutzt er mir im versteck der Racker, und geht nicht vom Fleck.

... komm ich nicht zum Zweck;
Thu auf, thu auf und guck heraus!
Schneck, Schneck, streck deine Hörner aus
Sonst geh' ich weiter um ein Haus
Und werf die über die Heck' dann such dir einen Schatz du Schneck.

ITEM 86

PAGE	211
SIZE	26 x 34.5
DATE	Undated
MEDIUM	Black ink; pencil
TITLE	Untitled
Instrumentation	Voice and piano
MEASURES	24

Text   Nur das thut mir so bitter Weh dass niemand . . . von ihm erzählt
ob ich ihn je nur wieder seh und ob er glücklich, glücklich hat ge . . .
Ich möcht nur einmal noch ihn sehn, und zög er auch an mir vorbei.
Wollt ungesehn am Fenster stehn nur schauen ob er glücklich . . . .

Note   The song was started at the top of the sheet and marked out after 3 1/2 measures.

ITEM 87-87a / Items 87a-89 are on a single sheet of manuscript paper

---

PAGE	212 213
SIZE	26.2 x 34.5
DATE	Undated
MEDIUM	Black ink; pencil
TITLE	Untitled by Wilhelm Wackernagel
Instrumentation	Voice and piano
MEASURES	50

Text   Ich grüne wie die Weide grünt
Die . . . die aufzuschaun sich nie erkühnt
in ihrem Leide.

Sie sieht [und?] weint und lässt hinab
Die [Haare?] ... wo ... über einem Grab
    im Gräser spriess.

Der Frühling hat auf ihr geschwellt die Knospen
    viele.
Wann welket doch das Laub und fällt und
    ist am Ziele.

ITEM 88

PAGE	213-214
SIZE	26.2 x 34.5
DATE	Undated
MEDIUM	Black ink
TITLE	Untitled
Instrumentation	Voice and piano
MEASURES	43

Text   Dass gestern eine Wespe dich in den Finger stach
        Sei darob nicht verdriesslich und trag es ihr nicht nach.
        Die Wespen waren immer ein friedliches Geschlecht.
        Sie naschen nur gar Süsses und darin thun sie recht
        Dass sie für eine Kirsche den Mund hat angesehn
        Ist fast ein menschlich Irren und kann auch mir geschehen.

ITEM 89

PAGE	214
SIZE	26.2 x 34.5
DATE	Undated
MEDIUM	Black ink
TITLE	Untitled
Instrumentation	Voice and piano
MEASURES	18

Text   Juble schöne junge Rose deine Schwestern juble zu
Deiner Schwester einer Knospe zart und jung und schön wie du.
Deiner Schwester einer Rose zart und jung und schön wie [du.]

ITEM 90   /   Items 90-92 are on a double sheet of manuscript paper

---

PAGE   215-216
SIZE   26.4 x 34.6
DATE   Undated
MEDIUM   Black ink; pencil
TITLE   Untitled
Instrumentation   Voice and piano
MEASURES   32

Text   Warum bist du aufgewacht im Sternenscheine
Arme Blume deiner Pracht blüht nun ganz alleine in der Nacht,
in der Nacht, in der Nacht alleine.

Deine Blätter nicken sacht, kühle Lüfte wehen,
Sonne die so golden lacht wirst du nimmer, nimmer sehen
in der Nacht, in der Nacht, in der Nacht.

ITEM 91

PAGE   216
SIZE   26.4 x 34.6
DATE   Undated
MEDIUM   Black ink
TITLE   "Gute Nacht" von Ludwig Pfau
Instrumentation   Voice and piano
MEASURES   5

Text   Die Erde schloss die Augen zu die . . . halten Wacht.

ITEM 92

PAGE 217
SIZE 26.4 x 34.6
DATE Undated
MEDIUM Black ink
TITLE Untitled
Instrumentation Voice and piano
MEASURES 21

Text Das Unglück und das Missgeschick sind wider mich im Bunde.
Es liegt der Staub wohl fingersdick auf meines Bechers Grunde.
Mein Säcke ist so neu und blank als hing er noch im Laden.
Und, ach, mein Herz so frei und frank, man fieng mit einem Faden.

ITEM 93 / Items 93-94 are on a single sheet of manuscript paper

---

PAGE 218
SIZE 25 x 32
DATE Undated
MEDIUM Pencil
TITLE "Das zerbrochene Krüglein" von Martin Greif
Instrumentation Soprano and piano
MEASURES 24

Text Ich hab' zum . . . ein Krüglein gebracht.
Es ging in Scherben.
Mein Schatz . . .
Und ich möcht' sterben, und ich möcht' sterben.
Ich geh' zu . . . gar nimmer mehr soll . . .
Sein Schiff ist wohl schon weit im Meer, und ich . . .

Note The *sehr gut* at the bottom of the page is possibly in the hand of Alexander von Zemlinsky.

ITEM 94

PAGE | 219
SIZE | 25 x 32
DATE | Undated
MEDIUM | Pencil
TITLE | "Das gefärbte Osterei" Martin Greif
Instrumentation | Voice and piano
MEASURES | 4

Text   Zu Ostern liess es mir . . . Ruh ich möcht . . .

ITEM 95 / Single sheet of manuscript paper

PAGE | 220-221
SIZE | 26.4 x 34
DATE | Undated
MEDIUM | Black ink
TITLE | Canon
Instrumentation | SATB chorus
MEASURES | 46

Text   Friedlicher Abend senkt sich aufs Gefilde, sanft entschlummert Natur.
Um ihre Züge schwebt der Dämmerung zarter Verhüllung, Zarte Verhüllung
    und sie lächelt.
Die Holde sie lächelt, Die Holde sie lächelt.
Lächelt ein schlummernd Kind in Vaters Armen der voll liebe zu ihr sich neigt
Sein göttlich Auge weilt auf ihr und es weht sein Odem über ihr Antlitz,
Und es weht sein Odem es weht über ihr Antlitz.

ITEM 96

PAGE	222
SIZE	26.4 x 35
DATE	Undated
MEDIUM	Black ink; pencil
TITLE	"Vorfrühling" von Paul Heyse
Instrumentation	Voice and piano
MEASURES	7

Text Stürme brausten über Nacht und die kahlen Wipfel troffen.
Frühe war mein Herz erwacht.

Note The above start was marked out and the song started again as below.

ITEM 97

PAGE   222
SIZE   26.4 x 35
DATE   Undated
MEDIUM   Black ink; pencil
TITLE   Untitled sketches
Instrumentation   Unspecified
MEASURES   36, 4

ITEM 98-98a / Items 98-98a are on a double sheet of manuscript paper

---

PAGE   223-225
SIZE   26.5 x 34.5
DATE   Undated
MEDIUM   Black ink; pencil
TITLE   Untitled
Instrumentation   Tenor and string quartet
MEASURES   29

Text   Es ist ein Flüstern in der Nacht,
Es hat mich ganz um den Schlaf gebracht;
Ich fühl's, es will sich was verkünden
Und kann den Weg nicht zu mir finden.

Sind's Liebesworte, dem Wind vertrauet,
Die unterwegs verwehet sind,
Oder ist's Unheil aus künftigen Tagen,
Das emsig drängt sich anzusagen?

ITEM 98b / Item 98b is on a half sheet of manuscript paper

PAGE 226
SIZE 25 x 16.7
DATE Undated
MEDIUM Black ink
TITLE Untitled
Instrumentation Tenor
MEASURES 29

Text Es ist ein Flüstern in der Nacht.

Note This is the tenor part of Item 98-98a.

ITEM 99

PAGE 227-228
SIZE 26.5 x 34.5
DATE Undated
MEDIUM Black ink; pencil
TITLE Lied ohne Worte
Instrumentation Piano
MEASURES 89

ITEM 100-101

PAGE   228
SIZE   26.5 x 34.5
DATE   Undated
MEDIUM   Pencil
TITLE   Untitled
Instrumentation   Unspecified
MEASURES   6, 4, 2

Note   The page was turned up-side down and the following sketches written (Item 101).

Text   In the margin of Item 101 has been written:

Epitaphes
à Schum I
Moz. Ad
Schubert Sch.
Beeth. . . .

ITEM 102

PAGE 229-230
SIZE 25 x 15.9
DATE Undated
MEDIUM Brown ink
TITLE ''Geburtstags Marsch'' von Arnold Schönberg. Text von Fritz Fleischer
Instrumentation Violin (this is the first violin part only)
MEASURES 79

BIBLIOGRAPHY

MARTIN, Vernon. *Temporary Catalog of the Schoenberg-Nachod Collection*, Denton, Texas, 1968, mimeographed.

NEWLIN, Dika. "The Schoenberg-Nachod Collection: a Preliminary Report," *Musical Quarterly* 54/1 (1968): 31-46.

"Notes for NOTES," *Notes* 24/3 (March 1968): 469.

REICH, Willi. *Schoenberg a critical biography*. Translated by Leo Black. London, Longman, 1971 (1968) p. 3.

STEINER, Ena. " 'Romance, opus 1, par Arnaude Schönberg': eine Mitteilung über bisher unbekannte Jugendwerke des grossen Komponisten," *Die Welt* 213 (September 12, 1964).

STEINER, Ena and Rudolf. "Arnold Schönberg: an Unknown Correspondence," *Saturday Review* (March 27, 1965) pp. 47-49.

STEINER, Rudolf. " 'Einer hat es sein müssen – so habe ich mich hergegeben': Schönbergs Briefwechsel mit seinem Vetter Nachod," *Die Welt* 213 (September 12, 1964).

STEINER, Rudolf. "Der unbekannte Schönberg; aus unveröffentlichten Briefen an Hans Nachod," *Schweizerische Musikzeitung* 104/5 (1964): 284-86.

INDEX OF ITEMS

Illustrations

Herrn Hans Nachod

IX.

Servitengasse 45

besser fand, wegen deiner Mitwirkung, die bei meiner
Komposition Abend wünsche, müßte ich gerne mit dir
sprechen. Ich bin jeden nachmittag bis 4 Uhr zu Hause.
die wichtigste aber sehr bald bekommen, weil die Sache
drängt. du kannst aber womöglich auch vormittags
aber ab Morgens frühfahren, wenn du das besser
gefällt. Besten Gruß und Anerkennung

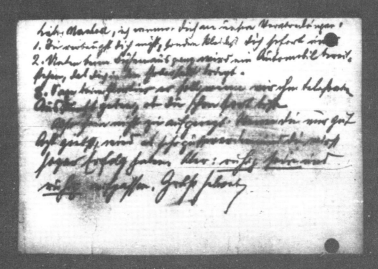

ARNOLD SCHÖNBERG

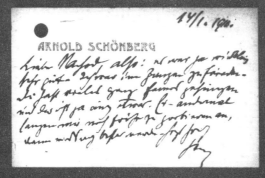

7.1.1912

Arnold Schönberg, Berlin-Zehlendorf Wannseebahn
Hochnover Chaussee, Villa Lepcke.

8. 1912   2

Lieber Hans, ich habe eingeben deinen ietzt
unter Brief gesehen.

An Schön habe ich eben geschrieben.
Der Unternehmen ist ein auf "Defizit"
aufgestellt: ein Comité braucht sich, die
Aufführung, die Tausende kostet, zu ermöglichen.
Daß die aber sinnvoll entwickelt, dürfte
uns nötig sein (ich will, daß die Leute
damit sich) Aber sehr groß wird es wohl
nicht anstellen können. Kannst mir also
vor Allem in ungefähr schicken mir antworte
wir die größte Summe, die ich beanspruche.
Du müßt damit rechnen, wenigstens 3–4
Tagen (vielleicht mehr) in Wien zu sein.

Nun will ich dich auch noch fragen: bist
Du bereit, ein Faden für alle Fälle zu
studieren? Ich garantiere dir, daß Du
Sie singen wirst. Entweder in Wien

Arnold Schönberg, Berlin-Schlachter-Wanner
Bachnover Chaussee, Villa Lepcke.

Postkarte

Frau Opernsänger
Hans Nachod
Kiel
Kleinstraße 22

7/9 1912

Arnold Schönberg, Berlin-Zehlendorf- Wannseebahn
Hachnover Chaussee; Villa Lepcke.

Postkarte

Herrn Hans Nachod
Opernsänger
Kiel
Steinstraße 22

ITEM 9
VERSO

[illegible] Nachricht, ich schicke Dir heute den Caesar
als Waldemar aus den Jugendbriefen [illegible],
zu. In dem Exemplar, das nicht durchkorrigiert ist,
mögen wohl noch Fehler sein, aber es scheint nicht sehr
wichtig. Bitte schick Dir die Noten bald an, [illegible]
[illegible] und teile mir mit, wann Du mir sie vorsingen
kannst. Es wird Dich gewiss interessieren, einmal
einen Abschnitt zu [illegible] nach Berlin zu machen [illegible]
Johann

Lieber Nachod, ich habe Dir vor mehr als 2 Wochen
dem Klavierauszug ps. (deine Partie) des Herrn Wächter
Oppeln. Ich möchte nun Empfangsbestätigung!
daß Du dein erhalten :— Ich habe noch aus
Berlin noch aus keine Nachricht über der definitive
ditum der Aufführung, sonn kann ich dir noch
immer nichts sagen. Herzlicht Herzlicht Salomon

...berg, Berlin-Schlachtensee-Wannseebahn
Reichsverein Chemiker, Ikles Lepote.

Herrn Hans Nachod
Aperowinga

Kiel

Feinstraße 44

ITEM 12
VERSO

Arnold Schönberg, Berlin-Zehlendorf-Wannseebahn
Machnower Chaussee, Villa Lepcke.

Lieber Herr [illegible], ich [illegible] verreist zu folgenden Zeiten:

22/11 – 1/12 (das ist die Zeit zu der Sie kommen wollten; das passt also nicht.)

ferner 14/12 – 23/12.

Auch sonst möchte ich aber vorher anfragen. Es könnte sein, dass ich auch in der Zwischenzeit einmal fort bin.

lieber Nachbar, es ist mir ganz recht, wenn du mir
gegen 10. Uhren vorschlagen willst. Jedenfalls müßt die
voraussichtzeitig verständigen, damit ich jemanden zum
Begleiten da habe. Mögst dir so schuldig

Arnold Schönberg, Berlin-Zehlendorf - Wannsee, Machnower Chaussee, Villa Lepcke.

Postkarte

Herrn Hans Nachod
Opernsinger
Kiel
Steinstraße 22

dieser Nachod, die Wiener-Aufführung findet doch statt.
Und zwar am 23. Februar. Du kommst also, woraus ich
mir das größte in einer Woche zur Zufriedenheit verspreche
auch seit die Retourg. Ich kann dir auf Mährden und Leutshin,
deinseits auf deinen aufzufahren, wenn ich dich gesicht habe. Schreibe
mir also sofort mit deinen die kommst. Womöglich noch diese
Woche; denn jetzt ist es für mich dringend, mich zu entschieden ?.

recht herzlich Schönberg

15. 1. 1913

Arnold Schönberg, Berlin-Zehlendorf - Wannseebahn
Machtweg Gartens, Villa Lepahn.

Herrn Hans Nachod

Kiel

Steinstraße 22

20/1. 1913

Lieber Hans, ich habe dich hente —
vergebens — erwartet. Wann kommst
Du? 15, Ist äußerst dringend! Du weisst
es handelt sich um die Meinung Aufführung
— 500 Mark — die am 23. Februar ... Und ...
... ... Komm also gleich.
Herzliche Grüße Arnold Schönberg

Arnold Schönberg, Berlin-Zehlendorf - Wannseebahn
Machnower Chaussee. Villa Lepcke.

Herrn Hans Nachod
Opernsänger

Kiel
Steinstraße 22

Schindery
Zellendorf Mitte

Poſtkarte

Herrn Hans Nachod

Kiel

Steinstraße 22

Lieber Nachod, ich *sehe* bin schon morgen
(Donnerstag) in Wien, es ist daher
zwecklos, wenn du Samstag mich
in Berlin aufhältst. Und darf schön.

Da sehen wir uns also am Sonntag
nicht! Schade! Grüß herzlich Deine
liebe Frau, Onkel Fritz, Dir Deine Hans

Lieber Hans, ich habe die fast alle vergessen. Hoffentlich nicht auch deine Partie!! Jedenfalls müssen wir sofort probieren und deshalb bitte ängstlich zuverlässig (du brauchst wirklich einmal im Leben pünktlich sein!!!) um ½6 Uhr bei mir in der Pension sein. Um ½7 Uhr abends fahren wir dann zur Schwarzer Moschee (Schönbrunnerstr. 12). Bitte sei also pünktlich. Wenn ich aus irgend einem Grunde verhindert sein sollte, hinterlasse ich dir in der Pension Post. Deshalb ist es gut wenn du um 4 Uhr anfragst (telefonisch) ob ich nicht hinterlassen habe. Also: Schönen Gruß schick dir

ITEM 19

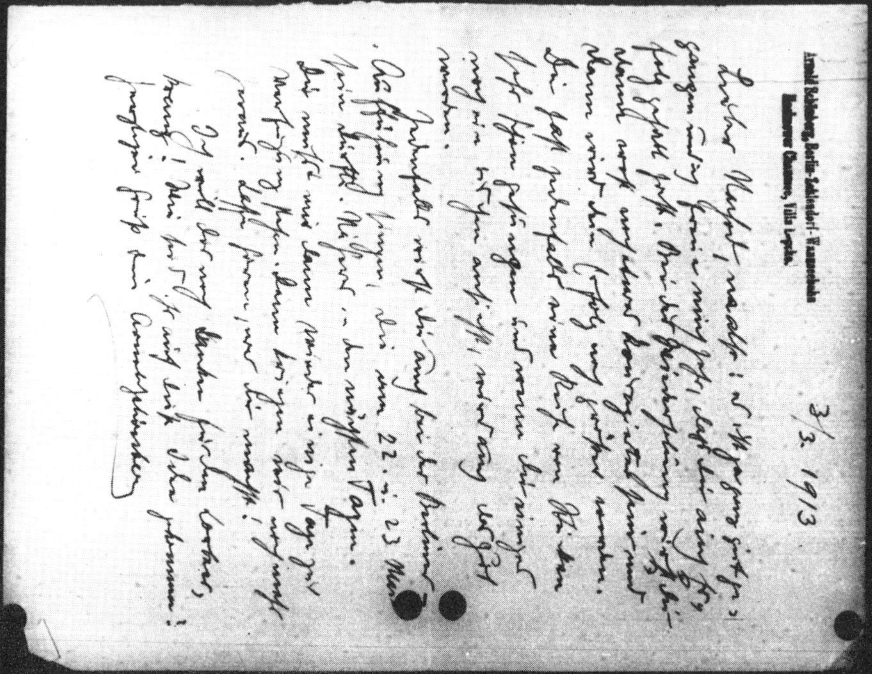
Arnold Schönberg, Berlin-Schlachtensee-Wannseebahn
Machnower Chaussee, Villa Lepcke.
3/3 1913

ITEM 19A
VERSO

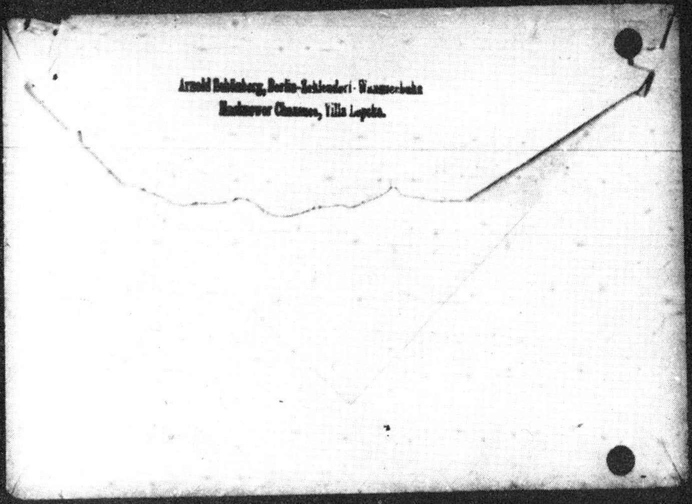
Arnold Schönberg, Berlin-Schlachtensee-Wannseebahn
Machnower Chaussee, Villa Lepcke.

22/4. 913

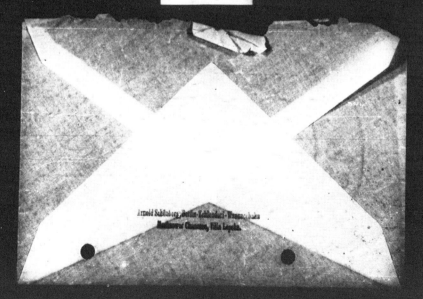

ITEM 21

Arnold Schönberg
Berlin-Südende
Berlinerstr. 17a,¹.
Tel.: Tempelhof 174.

Göhren auf Rügen
Burg Wickeck
[...]

Nun hoff ich mir auch erfahren deine Adresse sage.?
Jch bin bis 10/8 hier. Willst
Du mich du hier noch
erreichen? Herzl Gruß
Schny

Herrn Hans Nachod
Apensüng
Kiel
Steinstraße 22
Hospithal. 4

ITEM 22

PAGE 41

22/6.1913

Arnold Schönberg
Berlin-Südende
Berlinerstr. 17a, ¹.
Tel.: Tempelhof 174

Postkarte

Herrn Hans Nachod
Opernsänger
Dresden
Grünauerstr 20—III

Lieber M. [...] es satt [...], daß du zwischen dem
19. und [...] 27. und 31. März auf ein paar
Tage [...] nach Berlin kommst und mit uns das
[...] durchnehmen! _Teile mir gleich mit, wann
du kannst!_ Woll[s]t du [...] abend von [...] [...]?
Kannst du sie nicht _stimmlich_ [...] aber [...] [...]
[...] soll dir sagen, wie man [...] [...], was ich will;
[...] [...] [...]!

[...] Heißhaber[?]

11/2 · 1914

ITEM 24

PAGE 45

Arnold Schönberg
Berlin-Südende
Berlinerstr. 17a, l.
Tel.: Tempelhof 174

Arnold Schönberg
Berlin-Südende
Berlinerstr. 17a,¹.
Tel.: Tempelhof 174

Postkarte

Lieber Nachbar, ich bin am 18 u. 19. in Leipzig.
Am 19 (Donnerstag) bin ich den ganzen Nachmittag
frei. Könntest du da nach hinüber kommen um
mit mir zu zweien? — Wenn nicht, so möchtest
du am 27. Nachmittag oder am 28 mit mir
zweien. Denn am 28. Abend fahre ich schon nach
Leipzig. — In Leipzig wohne ich Nationel
Hotel Continental (beim Hauptbahnhof). Kannst du
mich eventuell am 20. in Karlsruhe?
Schreib mir nach Leipzig.   herzlich, herzlich selber
17/2. 1914   langstiel nicht großartig,
      vielleicht: aber sich willig (und am eng
      Telegramm   meinerseit (bei Paulch be Klein)

Blatt № 021

Leitung № 5065°

Telegramm Nr.

Aufgenommen von Bln

den ... / 191...

um ... Uhr ... Min.

durch ...

bft = hans nachod ,

ritzenbergstrasze 5, bei

schneider dresden =

Telegraphie des Deutschen Reiches.

Dresden - Altstadt (Postplatz).

Telegramm aus ... ⫠ berlin 9+ 68 10/45 =

du musst unbedingt am 27. nachmittags bei mir sein , weil ich
am 28. um 3 uhr schon fuer die ganze zeit zu den orchester und
chorproben nach leipzig fahre . auch rechne ich darauf , dass du
schon am 2. vormittags mir in leipzig zu klavierproben zur
verfuegung stehst und dann schon ganz da bleibst .. das alles ist
unerlaeszlich .= gruss schoenberg +

O. 16½.

Arnold Schönberg
Berlin-Südende
Berlinerstr. 17a, I.
Tel.: Tempelhof 174.

5. Juni 1914

Lieber Marhot, dein „aufklärender" Brief kam leider zu spät. Da hast du diesmal Pech gehabt, was mir sehr leid tut, aber ich kann nichts daran ändern.

Als mein Brief vom 16. April (!) unbeantwortet zurück ... (obwohl er meine Rückadresse hatte!!) ... war, nahm ich an ... mit den Bedingungen, die ich ... gestellt ... durch ... zu ... Wenn du ... also wirklich deinen Brief auch ... hast, so ist das ... Sache, für die ich nicht verantwortlich bin. — Ich mußte also die Partie anderweitig vergeben ... das ist längst geschehen. Es tut mir wie gesagt sehr leid. Denn ich es noch ändern kann, werde ich es dir noch ... die einem der beiden ... zu ... Es ist aber wenig ... vorhanden. Du mußt dich damit trösten, daß du Pech gehabt hast. Wenn mir ... bekannt werden sollte, werde ich dich ... Aber sage mir immer rechtzeitig deine Adresse. Man ... doch mit ... an die, die nicht mehr gelten! ... Herzlichst

dein Arnold

Arnold Schönberg
Berlin-Südende
Berlinerstr. 17a, I.
Tel.: Tempelhof 174.

Arnold Schönberg
Brederodestraat 65
Zandvoort Holland

3. März 1921

Lieber Nachod, Träts erhst mit in deinem Abschlag auch, daß du vielleicht zwei Tage früher kommen willst, als ich beschrieben habe. Das wäre also Mittwoch. Am Freitag gehst du die öffentlich General gehen ½, ich Mittwoch vom Orchg abend. Chor-probe, nachmittags die kleinen Gesangstellen repetieren und Donnerstag nachmittag zu tun habe, ist der ganze morgen an. Du wirst also frühstens Montag mit mir probieren! Sonst habe ich gar keinen Zweck du wärst auch sehr gefährlich, da für ein junger Tenor ist mit seiner Stimme, wenn auch hochdrauf: Holländer (!) Er hofft vorsichtig wird und dann manche gegen in den Juniterion die fester liefern, die einige ihre Grenze breite für dich hat!!!

Also: die Abtialion ist sonst und ich kann nicht das möglichen liefern.

Schreibe mir sofort, daß du kommst; es hat solo an-kommst, daß ich deinen Abstieg 2 Tage früher zu kommen für möchte. Besten Gruß Schönberg

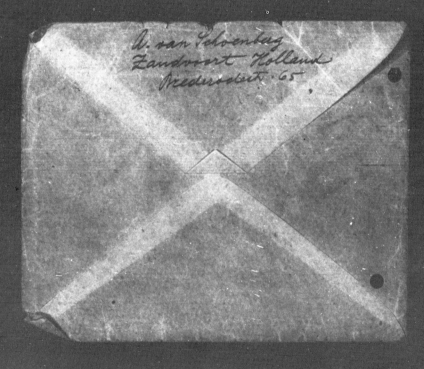

ITEM 30

Lieber Nachod, bitte übergebe das [illegible] diesen Brief; [illegible] ist [illegible] ganze [illegible] Korrespondenz [illegible]. Deshalb sende ich diesen Brief an deine Adresse. [illegible] bitte [illegible].

Und jetzt bitte, [illegible] [illegible] [illegible] [illegible] und [illegible] (Rate)

Ich erwarte dich, wie [illegible]: [illegible] Montag. [illegible] [illegible] [illegible]

herzl. Grüsse [illegible]

Arnold Schönberg
[illegible]straat 85
Zandvoort Holland

ITEM 30A
VERSO

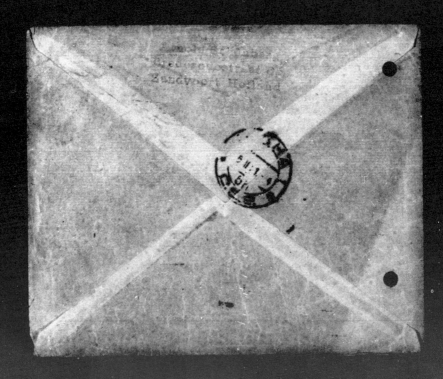

PAGE 60

ITEM 31

1. VIII. 19[illegible]

[illegible] 12. 18. VIII [illegible]

[illegible]

[illegible] 12. VIII ([illegible]) [illegible] 15.–16. [illegible] 18/VIII. [illegible]

[illegible]

[illegible]

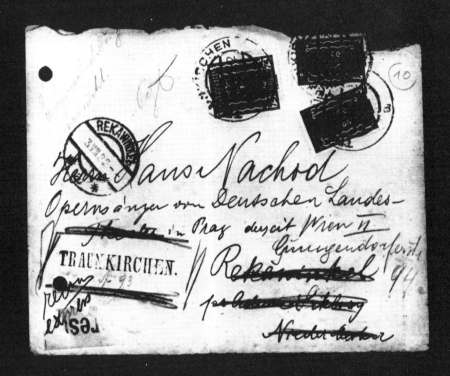

ITEM 32

ARNOLD SCHÖNBERG
~~CHARLOTTENBURG~~
BERLIN W 50
NÜRNBERGER PLATZ 3
TEL. B4 BAVARIA 4408

12. XII 1930

Lieber [illegible], herzlichsten Dank für deinen Brief.
Es ist schade, dass wir uns nicht sprechen konnten. Mündlich wäre das manches einfacher gewesen.
Ich habe dem Hertzka deinen Brief geschickt
und ihn aufgetragen, zu dir zu gehen. Ich [illegible]
[illegible], ob er den Plan hat und mit welchen [illegible]
[illegible]. Es ist [illegible] mit dem [illegible]
[illegible] bildet sich alle Kräfte ein, [illegible]
[illegible] zu erkennen. Jedenfalls aber [illegible]
[illegible] etwas [illegible]. Es kann ja [illegible]
[illegible] noch etwas anders sein.
Kommst du irgend wann nach [struck through] Berlin? Ich komme nicht so bald nach Wien.
Jedenfalls würde ich gerne mit dir [illegible]
sprechen.
Wenn du Georgi als [illegible] [illegible]
[illegible], wäre mir das sehr angenehm!
Viele herzliche Grüsse dein
Arnold

GERTRUD UND ARNOLD SCHÖNBERG

besitzen seit 7. Mai, 9 Uhr 10

eine Tochter namens

DOROTHEA NURIA

Barcelona, 9. Mai 1932

Absender

Herrn Hans Nachod

Wien II

Taborstraße 1

ARNOLD SCHOENBERG
VILLA STRESA
AVENUE RAPP
ARCACHON(GIRONDE)

18.IX.1933

Herrn Hans Nachod
Wien,II.Taborstrasse 1

Lieber Hans,du hast vielleicht davon gehört,dass ich mich
mit der Absicht trage,das Judentum zu einer gemeinsamen
Aktion zu einigen.Ich habe in dieser Sache noch nicht viel
unternommen,weil vom richtigen Anfang fast alles abhängt.
Neuerdings halte ich es für sehr wahrscheinlich,dass ich
doch zuerst den Weg einer eigenen Presse gehen werde/müssen.
Eine Geldfrage:sonst würde ich lieber als Versammlungsredner reisen.Selbstverständlich möchte ich gerne mit einer
grossen Tageszeitung beginnen.Aber wenn ich selbst mit einer Wochenschrift anfange,bedeutet das wohl nur einen Zeit-
verlust.Schliesslich kann man je nach dem Erfolg dann eher
oder später vergrössern.
Ich denke nun,dass du möglicherweise den Bekanntenkreis
hast,um eine solche Sache auf die Beine zu stellen.Viel-
leicht kennst du Verleger oder Geldleute oder Idealisten,
die die Notwendigkeit einer solchen Aktion begreifen.
Ich habe leider zur Konferenz für den jüdischen Weltkongress zu der ich eingeladen war,nicht kommen können.Aus
einem komischen Grund:meine Bank hatte mir meinen Pass x
nicht rechtzeitig retourniert.Ich hatte vor,dort einiges
von meinen Plänen zu entwickeln und mich in eine der Spezialkommissionen wählen zu lassen.Nun muss ich wohl bis
zum Kongress selbst warten.
Meine Zeitung soll(womöglich von allem Anfang an)im Deutsch,
Jiddisch und Hebräisch,wenn es geht auch in anderen Sprachen,insbesondere Englisch Französisch und Russisch,heraus-
gegeben werden.Man sollte es dann für möglich halten,dass
sich aus dem Mitarbeiterkreis heraus auch Interessenten
finden könnten,die für meine Ideen zu gewinnen wären.
Schreibe mir recht bald(ich bleibe noch etwa 10 Tage hier;
aber du erfährst meine Adresse immer durch die Universal
Edition) deine Meinung über die Aussichten,die sich in
Wien für eine der Sprachen oder vielleicht für das Ganze
zeigen. Herzlichste Grüsse

Arnold Schönberg

Wie gehts?Lasse doch etwas von dir hören.Näheres über
mich können dir meine Wiener Freunde,oder Trudi erzählen.

Herrn

Hans Nachod

Autriche

II. Taborstrasse 1

VIENNE

Paris: Hotie Regine
Place de Pyramide

ARNOLD SCHOENBERG
VILLA STRESA
AVENUE RAPP
ARCACHON(GIRONDE)

Lieber [...]
[...] Romanisch
[...] 7 X 39

Lieber Hans, ja, es ist recht, ich reise zwischen
19. und 25. Oktober nach Boston. Aber das ändert nichts
daran, das ich die Pläne, die ich dir angedeutet habe
und die du scheinbar miss verstanden hast: ich habe nie
gesagt, das ich [...] bin, sondern, das ich ein jüdische
[...] gründen will dort weiter verfolge. Ich
hatte von allem Anfang an die Absicht, sie in [...]
in wenigstens 2-3 Sprachen. [...] Französisch oder
Englisch und Jiddisch und Hebräisch herauszugeben.
Die Deutsche Ausgabe würde ich je dann [...] selbst
machen und die könnte in [...] erscheinen, wo
es ja junge Juden gibt. Es ist meine Absicht, sobald
wie ich nach Amerika komme, auch das Versuche zu
machen. Ob es gelingen, weiss ich nicht.

Du wolltest ganz meine Pläne kennen lernen.
Das kann ich ja gerne tun. Also:

Mein Hauptplan besteht darin, meine Pläne,
alle, gegen jedermann geheim zu halten.

Wenn du etwas erreichst, so schreibe mir gleich
denn ich [...] bestimmt, sofort an.

Viele Grüsse an Dich u deinen Bruder. Besten Dank
[...] seine und seiner Frau [...]. Den

[signature]

Ich habe vor Allem zu erklären,warum ich
erst so spät meinen Dank sage für die vielen Gratulationen
zu meinem sechzigsten Geburtstag.Vorerst aber,dass es
mich ausserordentlich über alles freuen konnte und trotzdem,dass wir diesen Tag ohne jede Feierlichkeit,ganz ohne
Gäste verbrachten,vollauf befriedigt war.Trude und Nuria
als erste Gratulanten,dann die vielen Telegramme,Briefe
und die fabelhafte Festschrift:all das machte mir viel mehr
Freude,als die Oeffentlichkeit mir je bereiten könnte.Ob-
wohl ich allerdings nicht vergessen werde,wie mir seinerzeit die Feier der Stadt Wien und die Rede des heute so
unglücklichen Bürgermeister Karl Seitz wohlgetan hat und
ich besonders diesem über allem Parteibekenntnis hinaus
achtenswerten Mann gerne heute ein Zeichen meines Dankes
hätte geben wollen.

Am 13.September hatten wir bereits unsere
Reisegepäckstücke zum Teil gepackt.Einige Zeit vorher
schon waren wir zur Ueberzeugung gekommen,dass es am Besten für mich wäre,nach Hollywood,resp.Nach Californien
zu gehn und in den letzten Augustwochen fassten wir definitiven Entschluss.Ich will nun einen kleinen Ueberblick über mein am 31.Oktober abgelaufenes erstes Amerikanisches Jahr geben.

Ich kann nicht verschweigen,dass es an Enttäuschungen,Aerger und Krankheit manches übertroffen hat,
was ich bisher mitgemacht habe.Die erste Entäuschung
hatten wir ja bereits in Paris,als sich gar nichts meldete auf die Nachricht,dass ich Berlin verlassen musste und
als wir mit ziemlicher Sorge einem sehr peinlichen Winter
in Frankreich entgegensahen.Ich hatte ja von der Goldigkeit der Berge,die mir um diese Zeit geboten werden könnten längst nicht mehr die Erwartung,die ein amerikanisches
Engagement früher erweckt hatte.Aber immerhin:als mir
das Malkin Konservatorium etwas weniger als ein Viertel
von dem anbot,was ich als Entschädigung für meine Berliner
Gage,als Minimum also;angesehen hatte,war ich doch bereits mürbe genung,um nach wenigen Stunden Bedenkzeit
dieses einzige Angebot anzunehmen.Um nur wichtigeres zu erwähnen,war die nächste grosse Entäuschung,als ich entdeckte,dass ich aus Uebersehen zugestimmt hatte für den gleichen Betrag nicht nur in Boston,sondern auch in New York
zu unterrichten:eine nachträglich gestellte Forderung,de-
ren Tücke ich übersah.Diese Reisen in jeder Woche,waren
die Hauptursache meiner Krankheit.Dann:Unterwegs von Washington nach Boston fragte ich Malkin,wie das Orchester des
Konservatoriums sei und sah dann in Boston eine keleine
Musikschule mit vielleicht 5-6 Klassenzimmern.Die Schule war in der Hoffnung auf mich gestellt,aber viel zu
spät in der Oeffentlichkeit angekündigt,verlangte ausserdem Honorare,die mehr als das doppelte des in der Depressions
Zeit erreichbaren betrugen und stand in einem Kreuzfeuer
von Intriguen aus Brotneid und Kunsthass,sodass ich ins-
gesamt in Boston und Newyork zusammen 12-14 Schüler,darun-
ter vollkommene Anfänger,hatte.Es gab auch Erfreuliches.
Die League of Composers veranstalte ein Konzert(allerdings
nur Kammermusik) und einen sehr grossen Empfang,bei welchem angeblich 2000 Personen anwesend waren,von denen
ich sicher 500 Häde zu schütteln hatte und das Protektorenkomité hat angeblich alles enthalten,was in New York
an Kunst(irgendwie) interessiert ist.Bald darauf gab es
dann noch einen zweiten ebenfalls sehr rummelvollen Empfang,aber ich kann mich nicht erinnern,wer ihn gemacht

Der Unterricht selbst machte mir Freude.Die
Vorbildung auch der reiferen Schüler war sehr dürftig,aber
immerhin hatte ich zwei wirklich Begabte und einige ziemlich Begabte.Ausserdem hatte sich in mir in den letzten
Monaten soviel neuen Stoffes angehäuft,dass ich imstande war,den Schülern wirklich sehr viel sagen konnte,was
ihnen gänzlich unbekannt war und sie aufs Höchste überraschte. - In Boston hatte ich ein Konzert mit dem dortigen Symphonie Orchester,welches ausserordentlich gut ist.
Dort traf ich auch Pollatschek.Der ständige Dirigent
ist Serge Kussevitzky,früher reisender Kontrabassist,der
zehn Jahre lang,seit er eben dort ist,nicht e i n e
Note von mir gespielt hat.Meiner festen Ueberzeugung
nach ist er so ungebildet,dass er nicht ein mal Partiturlesen kann.Jedenfall erzählten mir auch Orchestermusiker,dass er zwei Klavierspiele engagiert hat,die ihm
jedes neue Stück vierhändig sooft vorspielen,bis er es
kennt.Dann aber hält er nicht die Proßen alle selbst,

überall auf der Welt,so gibt es auch hier viel Charlatane.
Beim ersten Versuch,nachdem ich die Quasi-Generalprobe
in Cambridge(einer mit Boston verbundenen Kleinstadt) bereits dirigiert hatte,das Konzert in Boston zu dirigieren,
Freitag ,12.I. 1/2 3 Uhr nachmittags,hatte ich Lift unseres Hauses einen Hustenanfall,bei dem mir irgend etwas riss,
wodurch ich so heftige Schmerzen im Rücken und in Der Brust
bekam,dass ich mich nicht bewegen konnte,obwohl ich bandagiert war.Ich war schon seit den ersten Decembertagen,so-
bald das schlechte Wetter einsetzte krank gewesen,half m
mir mit offenbar schädlichen Medikamenten immersoweit darüber hinweg,dass ich halbwegs meine Verpflichtungen erfüllen konnte.Denn das Klima ist dort sehr arg und war es
in diesem Winter besonders.Innerhalb 12 - 24 Stunden sinkt
die Temeratur um 60 und mehr Grade Fahrenheit,das sind
34 Celsius Grade.Als es dann im März immer wieder solche
Temperaturstürze gab und ich einen abscheulichen Asthmaanfall gehabt hatte,der aber diesmal verschärft wurde
durch eine Irritierung des Herzens(der Arzt gab mir Jod
gegen den Husten,obwohl ich ihm sagte mir keines zu geben,da es aber ausserdem iodine heisst,haben wir es nicht
erkannt:Jod stopt nämlich die Krankheit,ohne sie zu heilen,
deshalb bricht sie bald daruf wieder aus.Ausserdem aber
hat es mir meinen Magen so verdorben,dass ich wenigstens
zwei Monate überhaupt nichts anderes essen konnte als
schwachen Tee,Schinken und toast.Und das Herz war davon
angegriffen.)Ich musste mich dann April,Mai und Juni sehr
schonen,erholte mich aber den Sommer über in Chautauqua
sehr rasch,doch nicht so,dass ich einen zweiten Winter
in der Gegend von New York hätte riskieren können.
Mein Engagement bei Malkin war Ende Mai abgelaufen und
obwohl sich überall Interesse (überall,ausgenommen bei
den Herrn Dirigenten) für mich zeigte und man mich als
Lehrer zu gewinnen trachtete(ich habe bisher nicht weniger als fünf angebote ablehnen müssen)so kam doch keines,das mir die Sicherheit bot,oder sie waren in New
York und Chicago,wo ich nicht leben könnte. - Staunenswert
wenn auch nur anfangs,fand ich dagegen die Haltung der
Kapellmeister,Stock in Chicago ausgenommen.Butter ist
hier noch billiger,als Kunsturteile und es kommt daher
auch eine grosse Menge auf den Kopf,wo sie auch
infolgedessen hat.Die Ration der Kulturträger,insbeson-
dere aber der Kapellmeister scheint besonders gross zu
sein,da sie ja die Verantwortung haben,zu der man sie
ziehen könnte:wozu man sie sonst zöge,bliebe unerfindlich.
Die haben höchstens die Verklärte Nacht oder eine
Bach*Bearbeitung von mir gespielt,die meisten aber überhaupt keine Note.Dagegen wird viel Stravinsky,Ravel,Res-
pighi u.v.a.gespielt.Es ist nicht viel anders als in Eu-
ropa:ich habe auch hier eine ganz grosse Anzahl von-ja
wie soll ich sie nennen?Anhänger kann man nicht gut sagen,
denn es ist fast nur künftiger Abfall,aber es sind immerhin solche,die es erst werden,bis die Gelegenheit günstig ist.Totzdem kann ich sagen,dass das Interesse für
mich erst im Erwachen ist.Die jüngeren Menschen sind alle
sehr für mich und allgemein ist die Meinung,dass ich "im
Kommen" bin.Aber nicht für Leute,wie Walter und Klemperer.
Klemperer spielt hier selbstverständlich Stravinsky und
Hindemith,von mir aber keine Note,ausser Bach*bearbeitun-
gen.Und Walter war ja immer(ich muss aus Vorsicht sehr
bitten,diese meine Äusserungen als durchaus
p r i v a t anzusehen und zu verhindern,dass sie in die
Oeffentlichkeit oder gar in die Presse kommen.Ich könnte den Kampf gegen diese Mächte auf dieser Basis heute
nicht bestehen:aber ich werde ihn auf einer anderen Basis sicherlich zu ende führen!)Walter also ist ein grossartiger Dirigent(privat aber ist er immer ein widerliches
Schwein gewesen und mir wird immer übel,wenn ich an ihn
denke:ich vermeide es also nach Kräften.
Los Angeles(Hollywood ist quasi ein Floridsdorf
oder Mödling von Los Angeles,nur mit dem Unterschied dass
hier diese schönen Filme hervorgebracht werden,deren
höchst ungewöhnliche Vorgänge und wundervollen Klang
ich so sehr liebe - bekanntlich) ist,was meine Musik anbelangt ein volkommen unbeschriebenes Blatt.Hie und da
hat einer(Goessens,Rodzinsky,Sloninsky)einen Versuch
mit meiner Musik gemacht,aber ohne anderen Erfolg,als
dass das Publikum nur noch mehr in seiner Abneigung
gegen neue Musik befestigt wurde.Schuld sind,wie überall ,
die Kapellmeister.Denn zum Beispiel in San Francisco
hat das Philharmonische Orchester in 25 Jahren nicht eine
Note gespielt,mmmmmm

Alle diese Herren,vom Feldwebel abwärts(es gibt nur Ab##
wärts)nenne sich konservativ,was ich so erklärte:sie hab
ben nichts anderes zu bewahren,zu konsevieren,als,als
ihre eigene Unfähigkeit,Unwissenheit und Feigheit:die
bewahren sie,dass niemand sie erkennen kann.- Ich habe
aus diesem Grund auch abgelehnt hier und in San Francisco Konzerte zu dirigieren,denn ich möchte die Schuldigen der Bestrafung zuführen.Dadurch habe ich mir
viel Feinschaft zugezogen,aber ich glaube sie nicht
fürchten zu müssen,denn ich ahbe andererseits viele
Freunde.Als Lehrer nämlich.Ich kann leider keine anständigen Honorare bekommen und bekomme bloss 1/3 bis
2/5 meines New Yorker Preises,habe aber bereits einen
Kurs von 10 Schülern und einige Privatschüler,sodass
ich sicher bin,wenn die Leute wissen werden,dass ich
unterrichte,so werden auch die besserzahlenden kommen
und ich werde hier ganz gut existieren können.Im Sommer werde ich an der hiesigen Southern Californian
University durch sechs Wochen lang täglich(mit Ausnahme von Samstag und Sonntag)zwei Stunden geben.Die
Bezahlung ist auch hier nicht fürstlich.deckt aber immerhin 3 Sommermonate.-Ausserdem willl man mich jetzt
in New York haben.Kaum waren wir etwas über eine Woche hier,als ich von der Juilliard School for Music,
der grössten und reichsten amerikani:chen Musikschule
einen Antrag bekam,den ich leider ablehnen musste,weil
wir den Winter in New York nicht riskieren können.Aber Hutcheson,den ich in Chautauqua kennen lernte,der
Direktor,ein sehr guter Pianist und Musiker und ein
sehr lieber Mensch,will mich dann für das nächste Jahr
haben und ich kann nur wünschen,dass ich gesund genug
sein möge,um es annehmen zu können.Denn das wäre eine
sehr günstige Position in jeder Hinsicht,da hier ja mit
solchen Stellungen auch alle anderen guten und wichtigen Dinge zwangsläufig verbubden sind.Aber auch wenn
wir hier bleiben,so würde ich sehr zufrieden sein.Ich
sitze heute,25.November,bei offenem Fenster,während
ich schreibe und mein Zimmer ist voll Sonnenschein!
Nun habe ich soviel von mir geschrieben und möchtee
nun auch von meiner Frau und Nuria sagen,dass sie beide sich hier sehr wohl befinden.Wir haben ein sehr nettes,nicht zu grosses Häuschen,möbliert,mit manchem,hier
allgemein üblichen Komfort,den man in Europa doch kaum
kennt.Wenn wir unsere Möbel bekommen können,die noch
immer in Paris liegen,weil die Deutsche egierung bis
jetzt nicht gewillt ist,meine restliche Gage für 22
Monate zu bezahlen,so werden wir wahrscheinlich ein
unmöbliertes Haus mieten,was noch billiger ist und
wo wir dann trachten werden,etwas mehr in den Hügeln
zu wohnen,wo es noch weniger feucht und sonniger ist.
An meiner Oper habe ich bis jetzt nicht weitergearbeitet,sondern schreibe eine Suite für Streichorchester,
t o n a l ,ein Stück für Schülerorchester.Ich schreibe
das infolge einer Anregung eines Musikers,der an der
New York University unterrichtet,dort ein Schülerorsheste
leitet und mir sehr viel und erfreuliches über diese
amerikanischen Schülerorchester erzählt hat,deren es
viele Hunderte gibt.Das hat mich davon überzeugt,dass
der Kampf gegen diesen verruchten Konservatismus hier
zu beginnen hat.Und so wird dieses Stück geradezu ein
Lehrbeispiel werden für jene Fortschritte,die innerhalb
der Tonalität möglich werden,wenn man wirklich Musiker #
und sein Handwerk kann:eine wirkliche Vorbereitung nivht
nur in harmonischer Hinsic t,sondern auch in melodischer,
kontrapunktischer und technischer.Ich bin ganz überzeugt
damit einen sehr guten Dienst im Kampf gegen die feigen
und unpro####.herzlichste Grüsse allen Freunden.
                              Arnold Schoenberg
                              5860 Canyon Cove
                              Hollywood,Cal

November, 1934

ITEM 36c

PAGE 77

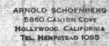

ARNOLD SCHOENBERG
5860 CANYON COVE
HOLLYWOOD, CALIFORNIA
TEL. HEMPSTEAD 1095

ARNOLD AND GERTRUD SCHOENBERG
ANNOUNCE THE BIRTH OF THEIR SON

RUDOLF RONALD

MAY 26, 1937

116 NORTH ROCKINGHAM AVENUE
BRENTWOOD PARK
LOS ANGELES, CALIFORNIA

ITEM 37A

ARNOLD SCHOENBERG
116 N. ROCKINGHAM AVE.
BRENTWOOD PARK
LOS ANGELES, - CALIF.
TELEPHONE W.L.A. 35077

Herrn Hans Nachod
und Familie Goldschmied
III. Salesianergasse 7
Wien

Austria

PAGE 80

Haus   N a c h o d
Wien III.Salesianergasse 7   15.iii.38.

Lieber Arnold !

Deinen Luftpostbrief vom 3o.7.erhielt ich vor wenigen Tagen und war natür=
lich von grösster Freude über die Aussicht,doch zu einem Affidavit zu gelan=
gen,erfüllt.-Es wäre ein ganz grosser,einmaliger Freundschaftsdienst,den Du
mir damit erweisen würdest,denn ich habe,trots vieler Müh und Anstrengung
noch keinen gefunden,der mir ein Affidavit besorgen könnte.Jeder hat irgend
welche nächste Verwandte,die vorher kommen.Lieber Arnold,wenn Du also wirk=
lich ein Affidavit für mich beschaffen kannst,so bitt,tue es bald,denn
abgesehen davon,dass ich fort muss,besteht bald die Gefahr,dass die Österrei=
chische Auswandererquote erfüllt sein wird und man dann,wenn nicht eine
Erhöhung der Quote kommt,auch mit einem Affidavit nicht mehr wird einwan=
dern können.-Ich habe insoferne vielleicht noch Glück,weil ich mich schon
im Juni auf dem Konsulat angemeldet habe und dort unter den Ansuchenden schon
aufgenommen bin und eine laufende Nummer besitze.Natürlich gilt aber die
Anmeldung nur eine gewisse Zeit,das heisst,dass man in dieser Zeit sein
Ansuchen um Einwanderung mit einer amerikanischen Bürgschaft,(Affidavit),
bekräftigen muss.Anders bekommt man eben die Erlaubnis zur Einreise nicht.

Auch an Görgi,der bekanntlich in Wiener Neudorf wohnt,schrieb ich sofort und
erhielt auch gestern seinen Besuch.-Ich zeigte ihm nicht Deinen Brief,son=
dern erzählte ihm,von Deinen Wünschen.-Görgi sagte folgendes:-
Er sagte,dass er Schulden habe und versprach mir,eine Aufstellung seiner
Schulden zu machen,um Sie Dir zu schicken.Er wendete auch ein,dass er fürch=
te,als Mischling keine Erlaubnis zur Ausreise zu erhalten,da Mischlinge
militärpflichtig seien.-Letsteres aber glaube ich wird nicht ganz stimmen,
da es möglich ist,dass Görgi dadurch,dass Grossvater Z.,um zu heiraten,
Jude wurde,nicht als Arier gilt.In diesem Falle könnte es sich herausstel=
len,dass Görgi Volljude ist.Volljuden erhalten ohne Umstände die Militär=
befreiung und Ausreiseerlaubnis.-Görgi ist damit einverstanden,dass er
allein fährt und Frau und Kind später nachkommen lässt.Das also wäre schein
bar kein Hindernis mehr.Es ist also möglich,dass Görgi,wenn Du ihm ein
Affidavit verschaffst,nach Amerika kommt.Ich glaube damit Deinen Wunsch
erfüllt zu haben.-

Zu mir zurückkehrend kann ich Dir mitteilen,dass ich meine Pension bestimmt
nach Amerika transferiert erhalten kann,denn ich habe aus Prag bereits ein
solches Dokument in der Hand.Meine primitiven persönlichen Lebensnotwendig=
keiten wären damit gedeckt,so,dass es sicher ist,dass ich niemanden zur
Last fallen werde.

Ich bitte Dich zum Schlusse noch lieber Arnold,gib mir bald Nachricht,wie
die Dinge stehen,damit ich weiss,woran ich bin.-

Ich danke Dir sehr und bin wirklich gerührt von Deiner Hilfsbereitschaft.
Sei oft gegrüsst und grüsse auch Deine Gattin und Kinder.

                              Dein

ARNOLD SCHOENBERG
116 NORTH ROCKINGHAM AVENUE
BRENTWOOD PARK
LOS ANGELES, CALIF.
TELEPHONE: W. L. A. 35077

Herrn Hans Nachod
Salesianergasse 7
Wien III   19.VII.1938

Lieber Hans,ich bin sehr traurig,dass ich dir nicht
helfen kann.Mein eigenes Affidavit hat nicht für
Greissles genügt und ich bemühe mich vergebens,bis
jetzt,ein fremdes zu beschaffen.Weiters brauchte ich
ja noch eines für Görgi und voraussichtlich wird ja
auch Heinrich eines Tages eines verlangen.

Aber es bringt mich auf eine Idee:vielleicht könnten
Juden,die ihr Geld oder einen kleinen Teil ausführen
oder zur Ausreise benützen dürfen,eine gemeinsame
Aktion in der Art einer gegenseitigen Versicherung
unternehmen.Ich will selbst versuchen,ob ich diese
Idee von hier aus lancieren kann.Aber man sollte es
auch von Europa aus unternehmen.Vielleicht kannst
du irgend eine der Aktionen veranlassen,dass sie
einen derartigen Vorschlag hieher gelangen lassen.

Die Idee,für Amerikaner,wäre so:Jeder der Affidavits
ausstellt zahlt für jedes Affidavit durch eine bestimmte Anzahl von Monaten einen Betrag(2-5 $) in
eine gemeinsame Kasse,die im Notfall für die im
affidavit unternommenen Verpflichtungen einspringt.
Das ist eine Art Versicherung auf Gegenseitigkeit.

Vielleicht kann das helfen.

Lasse mich bald von dir hören.Wie gehts deinen
Angehörigen.Hörst du etwas von Goldschmieds?
                    Viele herzlichst Grusse
                    Dein

ITEM 39A

AFTER 5 DAYS, RETURN TO

ARNOLD SCHOENBERG
116 N. Rockingham Ave.
Brentwood Park
Los Angeles, Calif.
Tel. W.L.A. 3207

LOS ANGELES
JUL 19
7³⁰ PM
1938
CALIF.

VIA AIR MAIL

Herrn Hans Nachod
III. Salesianergasse 7
Wien
Nieder Oesterreich

Germany

PAGE 83

ARNOLD SCHOENBERG
115 N. ROCKINGHAM AVE.
BRENTWOOD PARK
LOS ANGELES. - CALIF.
TELEPHONE W.LA. 35077

30.VII.1938

Lieber Hans,

es ist vielleicht doch möglich, dass ich dir ein Affidavit verschaffe. Aber es wird noch einige Zeit dauer-
em, bis ich es verlangen kann:ich habe zum
erst eine Gegengefälligkeit zu erweisen,
bevor ich es kann. Schreibe mir auf alle
Fälle recht bald noch einmal darum:auch
ob du es noch brauchst.

Vielleicht hast du die Möglichkeit Görgi zu sprechen und herauszufinden wozu er einen so grossen Betrag
benötigt. Diesen kann ich absolut nicht
aufbringen. Vielleicht kannst du ihn bereden zunächst allein nach New York zu
kommen, wo ich ihm wahrscheinlich Arbeit
verschaffen könnte und für eine Person
wäre es auch möglich das Geld aufzubringen. Seine Frau und das Kind können
dann in der allerkürzesten Zeit nachkommen.

Viele herzlichste Grüsse

Wenn ich früher etwas tun kann, verständige ich dich sofort.

AFTER FIVE DAYS RETURN TO
ARNOLD SCHOENBERG
116 N. ROCKINGHAM AVE.
BRENTWOOD PARK
LOS ANGELES, – CALIF.
TELEPHONE W.L.A. 35077

SANTA MONICA
JUL 31
6⁰⁰ PM
1938
CALIF.

VIA AIR MAIL

Herrn Hans Nachod
Salesianergasse 7 ON BOTH SIDES
Wien III
Nieder Oesterreich

Germany

Wien 3.8.38.

Lieber Arnold!Dein Brief war mir,trotzdem er nicht das ersehnte Affidavit
brachte,eine grosse Freude und ich antworte Dir zum Zeichen dessen auch
sogleich.-

Zuerst beantworte ich Dir Deine Anfrage nach dem Ergehen Unserer Freunde
und Verwandten.-

Otti:Ist von Ihrem Mann geschieden,der sich aber bis jetzt sehr gut verhält
und Sie zwar nicht reichlich,aber knapp ausreichend unterstützt.Sie lebt
mit Susi zusammen und hat Sorgen für diese Tochter,d.h.um ihre Zukunft.Selbst
ist sie nicht ganz gesund.Sie leidet an einem Basedof und damit verbinden
sich allerhand andere Leiden,wie erhöhter Blutdruck etc.-Da ich glaube,dass
Sie Dir so wie so alles andere schreibt,hoffe ich das diese Schilderung ausreicht.- Heinrich lebt in Salzburg.Er hat ungefähr die gleiche Pension,wie
ich und noch etwas dazu,das seine Frau erhält,die jetzt ihr gehörige
Hälfte des geerbten Hauses,vermietet hat und mit Heinrich und Gitti,der
gemeinsamen Tochter in Parsch eine nette,kleine Wohnung bewohnt.Vorläufig
dürften die Dinge dort so stehen,dass Heinrich bei seiner Familie in Salzburg
bleiben wird.-Ihm kann natürlich nichts ganz sicher für die Zukunft sagen.
Ich glaube aber,dass es so bleiben wird.-Ich sah Heinrich zuletzt vor ungefähr 4 Wochen,vorher war er 14 Tage bei mir in Wien.-Gürgi dürfte es schlea
gehen.E. lamentierte sehr,als er bei mir war.Leider konnte ich ihm nicht
helfen,denn,auch meine Reserven schmilzen schnell,da ich meinen kranken und
durch die Ereignisse vollständig ohne Einkommen hier lebenden Bruder Walter
mit Frau erhalten muss.-Damit habe ich Dir auch schon erzählt,wie traurig
es um Walter steht.Ich kann sicher nicht froh werden,bevor ich ihn nicht
in gerettet weiss.Er ist der einzige der engsten Familie dem es so ganz
miserabel geht.-Rudolf Goldschmidt hat nochmal geheiratet und eine junge,
nette Frau genommen.Er soll XXX für beide ein Affidavit nach U.S.A. haben
und an seinem Wegkommen arbeiten.Ich sehe ihn selten.-Die beiden Brüder
Edmund und Heinrich G. wollen zunächst noch einige Zeit hier bleiben,wenn
sie können.Es wird Ihnen aber nur sehr schwer gelingen,sich zu erhalten.
Ich weiss nicht,was sie vorhaben.Malva will mit Ihren vier Kindern,mit
der Tochter Ena und dem Sohn Herbert,und deren Gatten nach Brasilien.Sie
hat gute Aussichten dorthin zu gelangen,da Ihre beiden Söhne Hans und
Gerhardt schon lange dort sind und ihr dazu wohl verhelfen können.Malva
sehe ich oft.Sie hat ihre Villa in Hietzing verkauft und wartet auf die
Erledigung Ihrer Auswanderung.-

Ich weiss nicht,wer Dich sonst noch interessieren würde.-Von den verschiedenen Menschen aus unserer früheren Zeit höre ich gar nichts.Die meisten
sind nicht mehr da manche vielleicht gar nicht mehr am Leben.Mein Kreis
in Wien ist ein ganz anderer und wird jetzt auch vollkommen auseinander
gerissen werden.-Ein grosses Jammern und Trauern hat unter diesen Leuten
angefangen.Täglich hört neue Botschaft.-Manchmal möchte man mit Waldemar
aus den Gurreliedern singen.-Herrgott,weisst Du was Du tatest!-Ich nehme
mir oft meinen geliebten Waldemar in die Hand und erinnere mich der Tage,
wo es anders war.-

Was Deine Idee,dass Juden,die nach Amerika wandern 2-5 % für eine gemeinsame Kasse zahlen sollen,abtrifft ist leider auf diese Art unausführbar,
denn niemand kann Geld ins Ausland mitnehmen.Das ist vollkommen unmöglich.

Helfen können uns nur die Ausländer und von denen am ehesten die Amerikaner,
weil die amerikanische Regierung die hilfbereiteste ist.

Ich denke Dir also nochmal für Deinen lieben Brief und möchte Dir zuletzt
noch einen Tip geben, der für mich als Einreise nach Amerika in Frage käme.
Sollten einmal die Gurrelieder aufgeführt werde, kannst Du mich vielleicht
für den Narren empfehlen. Ich habe immer noch meine Stimme und würde für
den Narren ohne Zweifel ausreichen. Ich beherrsche die englische Sprache,
kann also englisch singen und es ist kein Zweifel, dass ich auf diese Weise
sicher die Einreise erhielte.—

Wie immer es aber sei. Ich bleibe der Alte und gebe niemals die Hoffnung auf.
Mich muss es aufgeben. Ich warte so lange.—Da aber das Glück kugelrund ist,
kann es auch sein, dass ich Dich einmal wiedersehe und Deine Frau und Kinder
dazu.—Sei vielmals gegrüsst und grüsse auch Deine lieben Angehörigen, besonders Deine Gattin,—

                                    Dein

ARNOLD SCHOENBERG
116 NORTH ROCKINGHAM AVENUE
BRENTWOOD PARK
LOS ANGELES, CALIF.
TELEPHONE: W. L. A. 35077

Herrn Hans Nachod
III.Salesianergasse 7
Wien,Austria
Germany   2.IX,1938

LieberHans;
              eine erfreuliche Nachricht:es ist mir
gelungen ein Affidavit für dich zugesagt zu bekommen und ich werde es Dienstag(6.) oder Mittwoch
-hoffentlich-absenden können.
              Nun habe auch ich eine Bitte:nimm dich
des Görgi an.Ihm sende ich heute ein Affidavit,wie
deines eines von einem Film Mann,beide also das
beste vom Besten.Aber du kennst nun Görgis finanzielle Situatuion und du weisst,er ist noch immer
ein kleines Kind und kann sich allein nichts besor-
gen.Du aber bist energisch und versiert und wirst
sicher Wege finden,ihm zu helfen.Es giebt ja heute
soviele Menschen,die aus Wohltätigkeit helfen,darunter
eben solche,die soviel haben,dass sie nicht wissen,
was damit anfangen.Heute sollte ja jeder,der es
kann,dem anderen die Ausreise ermöglichen.Ich
weiss ja nicht,wie deine finanziellen Umstände
sind.Meine sind leider nicht ausreichend und ich
könnte eine Rückzahlung unter den gegenwärtigen
Umständen nicht versprechen,sondern nur zusagen,
wenn sich mein Einkommen wesentlich erhöht.So
könnte ich Görgi höchstens etwa 100-150 Dollar
geben.

              Ich bin sehr glücklich,dass es mir gelun-
gen ist,diese drei Affidavits(eines für Greissles)
schliesslich zu verschaffen.Ich verbringe ganze
Tage mit Briefschreiben und bisher war fast alles
ergebnislos.Und ich habe noch wenigstens 10 bis 15
Menschen zu versorgen an denen mir sehr liegt.

              Ich bitte dich mir eventuell zu kabeln
wann und wieviel Geld ich schicken muss und wann
und wie ihr reist.Vielleicht wäre es am besten,wenn
du mit Görgi (und even.seiner Familie)zusammen
reisen könntest Mir wäre es eine grosse Beruhigung.
              Es gibt jetzt in Wien eine Amenikanische
Gesellschaft(gegründet von Mr.Ira Hirschmann President
of Sax,Fifth Avenue)die Auswanderern grosse Hilfe
leistet.Du solltest diese Hilfe jedenfalls in
Anspruch nehmen.
              Hoffentlich höre auch ich nun bald Er-
freuliches von euch allen.
              Viele herzlichste Grüsse und viel Glück,
                        dein

ARNOLD SCHOENBERG
116 NORTH ROCKINGHAM AVENUE
BRENTWOOD PARK
LOS ANGELES, CALIF.
TELEPHONE: W.L.A. 35077

Herrn Hans Nachod
III.Salesianergasse 7
Wien   13 September 1938

Lieber Hans ,mit einer Verspätung von fast einer
Woche(ander ich unschuldig bin:wahrscheinlich
braucht es solange bis man alles fertig bekommt,
jedenfalls aber hätte ich nicht drängen können)
sende ich dir heute separat das Affidavit des
amerikanischen Komponisten Ralph Ranger.Gebe
Gott,dass es noch rechtzeitig eintrifft.Bitte
telgrafiere mir,sobald du Näheres weisst und jedenfalls bevor ihr abreist-und wer.
                 Viele herzlichste Grüsse.

Prag 16.9.38.

Hans Naohod
Prain poste restante

Lieber, guter Arnold!
An dem Tage, an dem ich schmerzerfüllt von meinem lieben Wien, meinem armen,
armen, kranken Bruder und allen anderen Abschied nahm, eine Stunde, bevor der
Zug ging und angesichts der noch immer nicht gebannten Gefahr eines furcht=
baren Krieges, kam Dein lieber, herzensguter Brief mit der Ankündigung, dass
Du Görgi und mir ein Affidavit absandtest.—Es war wie ein Blick in den Himmel
aber gleich darauf war man wieder in der Hölle!—

Ich glaube, dass Du mich kennst und hoffe, dass Du nicht denkst, ich sei ein
Feigling.—Ich fürchte nicht für mich, aber ich fürchte für alle die die in
Wien zurückblieben. Wenn der Krieg kommt, wird man sie hinmorden, sie die nichts
getan und niemandem geschadet, die an ihrem Vaterlande hingen und an der deut=
schen Kultur. Ich darf nicht daran denken!—

Da es ausgeschlossen war, meine Reise zu verschieben, sonst hätte ich sie gar
nicht mehr unternehmen können, war es auch ausgeschlossen, Görgi zu verständigen
Das wird aber mein Bruder Walter besorgen. Ich bin sehr betrübt darüber Görgi
gerade in diesem Augenblicke nicht gesprochen zu haben.—

Ich sitze nun hier in Prag und bin zwar nicht mehr in der Hand der Nazi, aber
mein, unter schwierigsten Verhältnissen, nach monatelangen Kämpfen erhaltenes
Visum läuft in 14 Tagen ab und ich weiss noch nicht ob man mir eine Verlängeru
bewilligen wird. Hier in Prag lastet auf allen eine schreckliche Angst
des scheinbar nicht mehr abzuwendenden furchtbarsten aller Kriege. Man sieht
weinende Frauen und bestürzte Männer auf der einen und zu allem entschlos=
sene Verzweifelte auf der anderen Seite. Ganze Städte sind unterminiert worden.
man wünscht sich gegenseitig Tod und Untergang und wünscht den jüngsten Tag
herbei. Wir haben doch den Weltkrieg gesehen und manches dazu. Damals wuste
man nicht was kommen wird, wenn der Krieg ausbricht, heute aber weiss man es
und schaut wie versteinert in das Unglück hinein.—Das alles aber verschuldet
ein Mensch in seiner Grausamkeit, seinem unersättlichen Blutdurst und keiner
findet sich, der ihm den Garaus macht.

So sieht es hier aus, von den Leiden der Jūden in Oesterreich, wirst Du wohl
wissen, sie sind womöglich ebenso schlimm, wie der kommende Krieg sein wird.—

Ich versuche nun hier Menschen zu finden, die dem Görgi weiter helfen. Vieleicht
gibt es solche, die es tun, weil er Dein Sohn ist. Leider ist aber Prag und auch
das übrige Land voll von jüdischen Flüchtlingen aus den deutschenGebieten.
Jeder hat einen bei sich und alle zusammen sind keinen Tag ihres Lebens sicher
Ob ich unter solchen Umständen da Glück haben werde, kann ich nicht sagen.—

Wenn Du mein Affidavit schon abgeschickt hast und es noch rechtzeitig nach
Wien kommt, wird man es mir hierher nachsenden. Wenn bei Ankunft dieses Briefes
das Affidavit noch nicht abgesandt ist und der Krieg ausgebrochen, sende mir
bitte, eine Abschrift des Affidavits nach Prag poste restante.—Der Affidavit=
steller, dessen Namen und Adresse ich eigentlich wissen müsste und worum ich
Dich extra bitte, wird wohl eine solche Abschrift gerne besorgen.

Lieber Arnold ich danke Dir aus ganzem Herzen, für Deine gute Tat und bin der
Deine immerdar.—Was kommen muss es Komme, ich werde mich wehren und lebendig
kriegen sie mich nicht.—

Anlässlich Deines 65 Geburtstages waren hier sehr schöne Notizen in den Zei=
tungen.—Ich gratuliere Dir und wünsche Dir und den Deinen alles, alles Gute.

Sei vielmals gegrüsst und grüsse Deine Gattin, Kinder und alle anderen Ange=
hörigen.

                                    Dein

Briefe bitte bis auf weiters Prag poste restante

ÖSTERREICHISCHES DENTAL-JAHRBUCH

WIEN, II., TABORSTRASSE 1—3 / TELEPHON R-45-4-40

Bankkonto: Oeterr. Credit-Anstalt für Handel und Gewerbe, Filiale Wien, I., Franz Josefs-Kai 13
Postsparkassenkonto Walter Josef Nabsel Nr. 141.326

IHR ZEICHEN: IHRE NACHRICHT VOM: UNSER ZEICHEN: TAG:

BETRIFFT:

12.April 39.

Lieber Arnold!

Seit ich in Prag im September ankam, hörte ich nichts mehr von Dir. Ich schrieb Dir mehrer Male aus Prag und auch einmal schon aus London. Ich schrieb Dir, dass ich, da ich die Dinge in Prag kommen sah, alles daran setzte, auf Grund meines Affidavits, das ich durch Dich und Mr. Reisinger hatte, nach England gelangen konnte, wo man mir gestattet, die Erledigung meines amerikanischen Visums abzu warten.-

Ich schrieb Dir auch, dass es mir unmöglich war, Deinen Sohn zu erreichen, denn er antwortete auf keinen meiner, aus Prag an ihn gerichteten Briefe. Auch die Briefe, die mein Bruder Walter in Wien an ihn schrieb blieben un beantwortet. Ich glaube nicht, dass Gigi keinen meiner Briefe erhalten hat und bin sehr böse über sein Verhalten, denn er wusste mich doch in Wien sehr gut zu finden, so lange er noch irgend ein Interesse an mir hatte. Vielleicht stellt es sich noch heraus, dass irgend ein Missverständnis oder ein anderer Umstand schuldtragend war, dann wäre ich sehr erfreut darüber, bis dahin muss ich aber glauben, was ich vorhin sagte.-

Die Sache mit meiner Abreise nach Amerika zieht sich schrecklich lange hin und ich bin schon reichlich nervös, denn in England weiss ich nicht, ob ich bleiben kann. Da man verlangen wird, dass ich weiter reise.-
Es geht mir sonst hier sehr gut, denn hier bin ich wieder ein Mensch und kann mich als solcher unter den Menschen bewegen. Was man in Deutschland in dieser Hinsicht, ich meine an Beschimpfungen und Niedertracht ertragen musste steckt einem immer noch in den Gliedern.

Vor einigen Tagen hörte ich hier, von einem ausgezeichneten Chor vorge= tragen, zum ersten Mal Deinem Chor Friede auf Erden und war sehr begei= stert. Es war mir eine Freude zu sehen, wie sehr der Chor nach dem Publi= kum gefiel und wie ausserordentlich der Applaus war. Ich selbst applaudierte fast nicht, denn ich wollte sehen, wie sich die Leute benehmen würden. Ich lege Dir ein Programm bei.

Lieber, guter Arnold bitte antworte mir doch, ich möchte so gerne wieder von Dir etwas wissen. Grüsse Deine Gattin und Kinder und sei herzlichst gegrüsst von Deinem

Lieber Arnold!   London 19th September 39.

Es ist sehr bedauerlich für mich, dass ich keinen meiner Briefe an Die
eine Antwort erhalte.-Selbstverständlich sehe ich ein, dass Du wenig
Zeit hast, Briefe zu schreiben, aber die Antwort, die ich brauche, ist
lebenswichtig für mich und liegt doch auch auf dem Wege, den Du, mir
zu helfen betreten hast.-Du sandtest mir ein Affidavit, ausgestellt
von Mr. Ralph Rainger, ich gelangte dadurch nach England und muss von
hier aus nach Amerika weiter fahren. Wahrscheinlich komme ich hier
in London in der Reihenfolge das U.S.A. Visum zu erlangen, bald an die
bald daran. Der hiesige amerikanische Konsul stellt aber das Visum mir
aus, wenn man zu dem Affidavit auch nochmal einen sogenannten Freund=
schaftsbrief von dem Affidavitsteller vorweisen kann mit dem sich der
Affidavitsteller nochmal verpflichtet für den Unterhalt des Einwan=
derers so lange zu sorgen, bis er sich selbst erhalten kann.
Ein solcher Freundschaftsbrief lautet ungefähr so:

    To the Consulate of the U.S.A. of America, London.
    Dear Sirs:

        With reference to the affidavit signed by myself
in behalf of Mr. Hans Nachod at present London 56 West End
Lane N.W.6. may I add that I am willing to give Mr. Nachod
food lodging and pocketmoney for personal use and medical c
care in case of sickness upon arrival in Los Angeles
        May I ask the American Consul in London for his
kind consideration in the matter of the mentioned alien.

Ein solcher Brief muss natürlich notariell beglaubigt sein.-
Ohne diesen Freundschaftsbrief wird es wohl kaum möglich sein, das
U.S.A. Visum zu erhalten.-Ich schreibe gleichzeitig auch an Mr. Rain-
ger und lege Dir eine copie bei. Bitte lieber Arnold sprich mit Mr.
Rainger und bitte ihn für mich, mir diesen Brief baldigst zu senden.
Antworte mir für alle Fälle und lasse mich nicht im Stich.-
Man kann in England nicht bleiben, wenn man auf Grund eines Affidavits
hereingekommen ist.-
Wie geht es Dir lieber Meister und Freund!?
Wenn es Dich interessiert kann ich Dir von Deinen Geschwistern mittei
len, dass Otti eine Wohnung hat und Susi eine Stelle und es ihr
scheinbar ganz gut geht. Heinrich ist in Salzburg und auch gut aufgehoben. Mein Bruder ist leider noch in Wien. Malva Bodshaky mit der gan=
zen Familie in Rio de Janeiro und Rudolf Goldschmidt irgenwo in New-
York.-Ich hoffe, dass es Dir gut geht und Du gesund bist und hoffe das
selbe von Deiner lieben Frau und Deinen Kindern

ARNOLD SCHOENBERG
116 NORTH ROCKINGHAM AVE.
WEST LOS ANGELES, CALIFORNIA

January,9,1940

Mr.Hans Nachod,56 West End Lane LONDON N?W.6

Dear Hans,the other day Mr Rainger wrote,that he
is going to send you this letter of recommandation
which you urged him to give you.I hope you got it
in the meantime and will accordingly be able to
come over to America.-But I must warn you of too
great an optimism about Hollywood.This town is
terribly crowded with people who believe they
can work in the studios.Or course,if your voice
is,what it was,this would be different.

You should not blame me for forgetting you.I did what
I could for you.But I can not suppress the feeling
that I am disappointed because you left me in
the lurch by not forcing George out of Austria.
I did not make it a condition when I procured you
an aridavit,that you should help George to leave
but I can not understand that you could forget
that a son is closer than a cousin.

You must not misunderstand me:I have not the inten-
ion to take revenge,but I must reject your reproa-
ches:I have done something very important for you,
in any case,I hope to hear from you as soon,as
but you have not tried to do the same for me.

Nevertheless,if I were in the position to help
you,I would do it;but I am not-I am sorry.
In any case,I hope to hear from you as soon,as
you are here.
With best greetings and wishes,yours truly

ARNOLD SCHOENBERG
116 NORTH ROCKINGHAM AVE.
WEST LOS ANGELES, CALIFORNIA

2 März 4o London

Lieber Arnold!

Vor ungefähr 14 Tagen erhielt ich Deinen Brief vom 9.Januar 4o.
Es tut mir ungemein leid,dass Du wieder einmal etwas anders siehst,als
ich es gemacht habe und es tut mir leid,dass Du Dich über mich ärgerst,
ohne,dass ich Dir einen wirklichen Grund dazu gegeben habe.-
Ich tat in der Angelegenheit Görgi was ich konnte.Mit Deinem Sohn ist abe
kaum etwas richtiges anzufangen.Er ist da,wenn er etwas brauchen kann u.
verschwindet dann auf nimmer Wiedersehen,wenn er nichts mehr braucht
oder nichts mehr haben kann.-Abgesehen davon,dass die Konstellation so war
dass ich überhaupt kaum etwas hätte tun können,so wäre ich doch froh
gewesen zu wissen was mit ihm geschah war,wo er ist und ob nicht doch
irgendwo eine Chance bestand,ihm zu helfen.-
Ich sah Görgi öfter in den Monaten Juli,August 38,als die Nazi schon
in Oesterreich herschten und es mir selbst damals nicht mehr gut ging.
Görgi war stets in Not,beklagte sich sehr über Dich und erzählte allerhand Geschichten,von denen wohl ein grosser Teil unwahr gewesen ist.
Er stellte sich immer als das verstossene Kind hin und war immer in Not.
Ich half,so gut ich eben damals noch helfen konnte.Inzwischen kam die
Kriegsgefahr herauf,alles rechnete damals schon damit,dass Hitler Krieg
beginnen werde und mir geschah es,dass ich zweimal für kurze Zeit in
Nazigewalt kam.Ich war sehr ängstlich,dass auch mich das Konzentrationslager einmal ereilen werde und setzte alles daran ausser Landes zu
gelangen.Endlich,gegen Ende August erhielt ich ein Visum nach der Tsche-
slowakei und entschloss mich am 15.September 38 mein Vaterland für immer
zu verlassen und in die Tschechoslowakei zu reisen.Was da alles an Gefahr
Aufregungen Tränen und Kummer dazwischen liegt ist unmöglich zu erzählen,
gehört aber mit dazu,dass ermessen kannst,was es bedeutet,dass ich doch
immer nach Görgi zwischendurch forsche.-
Am 15.September 38 nun,gerade,als ich meine Wohnung verliess,als ich
begleitet von Freunden und Freundin,mit wirklich gebrochenen Herzen,
Wien und alles,was mir lieb war verliess,gerade,als ich die Tür öffnete,
um das Auto zu besteigen,das mich zur Bahn brachte,kam der Briefträger u.
überbrachte mir Deinen Brief vom 2.IX.38,mit dem Du mir ankündigtest,
dass Du mir und Görgi ein affidavit schicken werdest.-Es war wie ein
Sonnenstrahl es war beglückend,aber es legte mir gleichzeitig eine unerfüllbare Pflicht auf,dem Görgi bei seiner"Reise nach Amerika"behilflich
zu sein.Du warst,dass ging aus Deinem Brief deutlich hervor in völliger
Unkenntnis der unglaublichen Schwierigkeiten,die für uns Juden in allen
solchen Dingen überhaupt bestanden,stelltest Dir die Angelegenheit so
vor,dass mit einem Affidavit jeder gleich nach Amerika reisen konnte,
denn Du schriebst an mich seinerzeit,ich sollte mit Görgi sobald als
möglich gemeinsam abreisen.-
Die Situation war aber die:Ich fuhr am Tage Deiner Nachricht ausser Lande
hatte das Affidavit überhaupt noch nicht erhalten,sondern erhielt es ers
nach vielen Wochen,als die Kriegsgefahr sich nach Annahme der deutschen
Bedingungen gelegt hatte in Prag,wo ich weit ab vom Schuss war.

Meine Recherchen nach Görgi waren vollkommen erfolglos.Vorerst konnte ich
gar nichts geschen,weil keine Post ging,dann kamen auf alle Anfragen keine
Antworten.Niemand wusste,wo Görge geblieben war.Auch die Nachforschungen
Walters waren vergeblich.Du aber fragtest bei mir an,wo Görgi sei und nahmst
u.nimmst mir etwas übel,worüber Du gar nicht die Möglichkeit hast zu urteilen,
weil Du in Amerika Dir kein Bild von den furchtbaren und verwirrenden Ereig=
nissen dieser Zeit machen kannst.-
Ich weiss bis heute nicht,wo Görgi ist und was aus ihm geworden ist und wüsste
es doch so gerne,den,wie immer die Angelegenheit steht habe ich Görgi lieb
und wäre sehr traurig,wenn ihm irgend ein Leid geschehen wäre.-
Du musst es mir glauben,dass es so ist,wie ich es schreibe.Ich habe keinen
Grund und keinenAnlass es anders darzustellen.-
Weisst Du,wo Görgi lebt?
Mir geht es nicht gut.Ich kann hier in England nichts verdienen und lebe
von der Unterstützung des tschechischen Kommittees.Anfangs schien es als
könnte ich mich hier durchsetzen.Ich kam mit einer Pension vom deutschen Thea=
ter in Prag hierher,die Pension wurde mir monatlich nachgesandt und sicherte
mein Existenzminimum.Ausserdem konnte ich auch gewisse Geschäfte,die ich aus
Deutschland mitbrachte,fortsetzen,denn dazu bekam ich das Permit.Seither aber
ist durch den Kriegsausbruch jede Möglichkeit mit diesem Artikel weiter zu
arbeiten unmöglich geworden und ich habe,da natürlich seit der Besetzung
Prags durch die Deutschen und jetzt im Kriege erst recht keine Pensionen mehr
hierher kamen,auch die Pension verloren.-Dazu kam,dass ich schwere private
Kümmernisse hatte und aus all diesen Gründen weg von Europa,nach U.S.A. möchte
Leider versagt aber Herr Rainger,dem es angeblich nicht gut geht und ich
sitze nun hier hilflos in der Patsche und in der Not.-Ich brauchte ein neues
Affidavit,dass stark genug ist und von dem Konsulat anerkannt wird.-
Von allen Freunden und Verwandten höre ich wenig,auch Du schreibst mir,wenn
Du mich grundlos einer solchen Sache bezichten kannst,wie der,die Obsorge
für Deinen Sohn Görgi vernachlässigt zu haben.Ich hätte so gerne mehr von
Dir gewusst,denn wie die Dinge heute stehen,jünger sind wir ja auch nicht
geworden wissen wir nicht,ob wir uns je im Leben wiedersehen.
Das ist alles traurig.-
Wie gehet es Deiner Frau und Deinen Kindern?Ist Berthold Viertel einmal bei
Dir gewesen und hat er von mir gesprochen?
Sei lieb und gut und schreibe Arnold,Du wirst mir damit wirklich eine grosse
Freude machen.
                    Viele,herzlichste Grüsse Dir und Deiner Familie,Dein

London 28th May 40.

Mr.Arnold Schoenberg
116 North Rockingham Av.
Brentwood Park
          Los Angeles

Dear Arnold,

I wrote you several times but I had no reply.—
I asked you urgently for helping me.My affidavit granted by Mr.Rainger
is now to week and the U.S.Consulate demands a second affidavit for
strenghthening the first.My case is ready for travelling.I can get
the visa at once if I had such a strenghtening of the affidavit
of Mr.Rainger.
I don't want to trouble you but I don't know an other possibility
to get away from here and I believe that it is very dangerous to stay
longer here for all the German refugees.
I explained you that you are absolutely wrong to make me responsible
for your sons misfortune.I asked you to believe that things are as
I them explained to you.There is no reason for you to be angry as you
are doing worse if you think bad of me.
Will you help me?I beg you for it.But if you are prepared to help me
it must be as soon as possible.
How are you your wife and children?Please write me and let me know
all that.
With many many regards and all love to you and your family yours
old friend and cousin

ITEM 50

January 27, 1941, at 10:02 P. M.

a Son

has been born to the

very happy

Arnold Schoenberg Family

We will call him

Lawrence Adam

116 N. ROCKINGHAM AVENUE
BRENTWOOD PARK
LOS ANGELES, CALIFORNIA
PHONE: ARIZONA 35077

13 Hartsiderd
Kendal
Westmorland

Mr. Hans Nachod
~~26 West End Lane, Flat 4~~
~~London N.W.6~~

England

c/o Mrs Malcolm

Arnold Schoenberg
116 N. Rockingham Ave.
Brentwood Park
Los Angeles, Calif.
Tel. W.L.A. 35077

H.Nachod
13 Hartside Rd.
Kendal,Westmorland,England   23.June 1941

My dear old friend and Master Arnold,
At least came news from you and a very happy one.I received
your massage that a son has been born to your family.
I congratulate you and your wife with all my heart,hoping that y
you may see him in joy and bliss.
Your circular letter with that massage arrived very late and
was the only news I had from you since a very long time.I confess,I was a little worried.I can imagine that you have no time
enough for long letters,but I dare say a small postcard from
time to time to an old,friend,cousin and compaignon should be
possible but I would be very glad to get it.-
Speaking about me I must say that I have a very troubled time
behind me .I was interned for 5 months and when I was finaly
released I had lost the contact to make my living I had lost
many other things and so I build all my hope to emmigrate to
U.S.Ialready got the U.s Visa but the outbreak of the Battle
of the Alantic hindered me again and I couldnt get anny
trevelling accommodation till now and am waiting and waiting.
As far as I think there will be no accommodation for a long
time and owing to that I began again to arrange a new live in
England an started again with singing.I now sing lieder oratorios only and was surprised that my voice is in a good standard
and I had much success.But not singing is my special design
I am giving singing lessons and also there I am successfully
It is a pity that I am not able to start with in America.
I am living now in the English Lake District,a wonderful
country with mountains and lakes like the Salzkammergut and try
to make the best out of the present situation.
I have little news of my brother Walter and dont know how
Heinrich Schoenberg and your sister Otti are could you let me
know anything about them?In America are many friends and also
relations.Have you any news about them?How is Zemlinsky,Jalo-
wetz and how are your children Trudi and Görgi with their
familys?-
I think it should interest you that I have been interned wi
together with your pupil Dr.Wellesz and also with a young
musician Dr.Schoenberg from Nürnberg.both intended to go to
America.In my neighbourhood is living Dr.Adler the Doctor medicine and violinist from Vienna an old friend of you.I see
him often and I sang with his wife,who accompained me very well.
My dear master I hope you are well and also are your wife and
children in Los Angeles.I once more beg you,write to me from
time to time please!
                    With many greatings and love to your family

ARNOLD SCHOENBERG
116 N.ROCKINGHAM AVENUE
BRENTWOOD PARK
LOS ANGELES CALIFORNIA

Mr.Hans Nachod
13 Hartside Rd
Kendal,Westmoreland,England
or: 72 Ashford Court,London N.W.2

July 12,1941

Dear Hans:

I am glad to hear from you after so many
months.I am glad you find such a successful activity as
using your voice to entertain people who need a relaxation.
I always wondered,why you stoped your carreer as a singer.
It is remarkable that you take it up now.

I do not quite understand why you want to come to USA.
I do not believe that you would easily find a job which
might please yo as well as what you are dooing now.Do not
forget that America and especially Hollywood,is crowded
with Eropean artists.There is much competition,and fees
become lower and lower.

From my brothers(Heinrich) wife I learned that Heinrich
underwent an operation,which seems to have been somehow
dangerous,but at the time they wrote,he was already out
of danger.-Zemlinsky is in New York,but he is very sick.
He had several paralytic strokes,from which he recovered
recently,but the next might be the end.-Also Klemperer is
sick in a similar manner-mental!But Jalowetz has a good
teaching position and seems satisfied with it.-Zweig gives
piano lessons.Trudi,with her two sons,lives in New York,
where her husband has a good position with Schirmers.They
are very happy.Goergi is still in Austria.It seems he wanted
to remain there,but now,only now when it si so difficult,
now he asks to procure him immigration into USA.It is impossible to raise the money for three peoples travel expen
ses.But there is some hope still left.

I am very glad to have heard something from Dr.Oscar Adler.
Could you not ask him to write me onse-or give me his adress.
In the meantime give him my best greetings.

We are so far all quite well.As I stopped smoking,my health
became better.The children are prospering fine.
Let me hear more often from you and other friends-is Dr.D.
Bach also among your aquaintances?
                    Many cordial greetings,yours

ITEM 52A

LD SCHOENBERG
. ROCKINGHAM AVE.
NTWOOD PARK
ANGELES — CALIF
PHONE W.L.A. 3—77

Mr. Hans Nachod (13 HartsideRd, Kendal, Westmoreland

~~72 Ashford Court~~

~~London, N.W.2~~

Unknown
at 72, Ashford Ct.

13 Hartside Road
Kendal

Westmoreland

PAGE 105

ITEM 52a
VERSO

P.C.90

OPENED BY

EXA

CRICKLEWOOD
7·30PM
21 AUG
1941
N.W.2.

Hans Nachod
13 Hartside Rd.,Kendal,Westmorland
England   8 September 1941

Mr.Arnold Schoenberg
116 North Rockingham Av.
Brentwood Park,Los Angeles,California.

Lieber Arnold!Ich war wirklich sehr freudig ueberrascht endlich einen Brief
von Dir zu erhalten.Es hat ja lange gedauert und ich glaubte schon,Dich
verloren zu haben.Leider Gottes war aber Dein Brief eine Hiobspost für
mich und ich bin tief ins Herz traurig über Heinrichs Tod.Ich hätte nie
geglaubt,dass das auch noch passieren würde und immer gehofft ihn wiederzu-
sehen.Heinrich war Dein Bruder,für mich aber war er mehr.Er war der einzige
Freund meiner Jugend,der mein ganzes Leben immer mein guter Kamerad gewesen
ist,der alles von mir wusste,wie kein anderer.Mit ihm ist der Zeuge meiner
Jugend dahin,der einzige Mensch der mich verstand,wenn ich von vergangenem
sprach,von all den Leiden und Freuden unseres durchgekämpften Daseins.
Ich kann mich nicht daran gewöhnen,dass ich nun das Leben zu Ende leben soll,
ohne das dieser Mensch noch am Leben ist.Gewiss,wir waren schon seit Jahren
nicht mehr einer Meinung,wir lebten auch nicht am gleichen Ort,doch was
ist das alles gegen die unabänderliche Tatsache gemeinsam gelebter Jahre und
das Bewusstsein wirklich Freundschaft und Zugehörigkeit.-
Aber wozu soll ich Dich "anlamentieren"?Es wird nicht anders.-
Bitte,lieber Arnold tue mir den grossen Gefallen und schreibe seiner Frau,
dass ich bitter gekränkt bin überdas,was geschah ist und an sie denke.-
Sie war bis zuletzt von vorbildlicher Treue und hielt in allen Schwierigkeiten und Schicksalsschlägen der letzten Jahre wunderbar zu ihm.Mit seiner
Tochter hatte er aber grosse Schwierigkeiten.Er beklagte sich oft bei mir
darüber und auch zuletzt noch,als er im Sommer 38 mein Gast war.Um diese Zeit
sah ich ihn zum letzten Male.-

Ich danke Dir für die verschiedenen Nachrichten von all den Freunden und
Bekannten.Ich hörte mit Bedauern,dass Zemlinsky sehr krank ist.Von Jalowetz
zu wissen,dass es ihm gut geht ist sehr schön.Kannst Du mir die Adresse von
Jalowetz und Deiner Tochter Trudi geben?Bitte grüsse beide von mir,wenn
Du ihnen schreibst.Leider schriebst Du nichts über Otti.Weisst Du nicht,wie
es Ihr geht?

Ich war sehr froh,wenigstens Dich und die Deinen all right zu wissen.Du
schreibst,dass Du das Rauchen aufgegeben.Das hast Du schon früher/ einmal
getan.Hast Du denn wieder damit angefangen gehabt?

Sehr erstaunt war ich,dass Du der Meinung bist,man könnte sich als Sänger u.
vor allem als Gesanglehrer in Amerika weniger gut durchbringen als in
England.In England liegen alle diese Dinge seit jeher sehr schwierig.Die
Sänger,d.h. solche,die es lernen wollen sind hier sehr dünn gesät und besonders die foreigners haben Schwierigkeiten aller Art.Schon das Permit ist
ein Problem.Dagegn aber weiss ich,dass ich als Gesanglehrer mehr kann u.

bin in der Lage das zu beweisen.Ich habe mich nicht umsonst so schwer
zur Erkenntnis durchgerungen.Zwar bin ich nicht so ein Narr,wie die anderen
Gesanglehrer,die sich jeder für den allein selig machenden halten,aber
ich weiss auch,dass es nicht viele gibt,die sich über die Probleme des Singens
klar sind.-Gib mir einen begabten Schüler in Amerika und ich will es Dir
zeigen!-

Leider stehn die Aussichten jedoch so,dass es sehr fraglich ist,wann man
nach Amerika wird fahren können.Ich schrieb Dir schon,dass ich bereits ein
Visum hatte aber keinen Schiffsplatz bekam.Nun sind wieder neue Erschwerungen
eingetreten.

Wie steht es denn mit Deinen Arbeiten?Hast Du in letzter Zeit etwas geschrieben
Ich weis diesbezüglich gar nichts von Dir.

Dem Dr.Oscar Adler,der eine Autobusstunde von mir lebt schrieb ich,dass
Du mit ihm in Verbindung treten wolltest.Seine Adresse ist:Low Fold"Glenside"
Old Lake Rd. Ambleside,Westmorland,England.Er wird sich bestimmt freuen von
Dir zu hören.

Bitte lieber Arnold grüsse herzlichst Deine Frau von mir und sage auch den
Kindern,dass ich auf der Welt bin.Bitte schreibe mir bald wieder und denke,
dass wir immer weniger geworden sind und doch ein wenig miteinander Verbindung
halten sollten.

Alles Liebe,Gute und Freundschaftliche

Dein

Hans N a c h o d   August 15.1944.
28 Romney Rd.
Kendal,Westmorland,
England

Mr.Arnold Schoenberg
116 North Rockingham Av.
Brentwood Park
Los Angeles
U.s.A.

Dear Arnold,

            I didn't think of it.Dr.Oscar Adler,your old
friend,whom I met the other day,remembered your 70th birthday.
It is not that don't know it,but that I don't feel it.
As long,as I was young enough,I never understood,why so
many of the old people behave as if they still were young,
going on and on,without realizing the facts.Now,since I am

old myself,I understand the idiocyncrasy against age,against
everybody seems to struggle in vain,until one day one is struck
by the shocking event,that a young girl gets up in bus,with
a smile,and says:sit down-to you.Or you are told,by the son
of your lady friend,that somebody has told him:yesterday I saw
your mother with her old professor.
May be that this idiocyncrasy was the reason that I didn't
remember your 70th birthday,dear master and friend.
What alive!Didn't it pass like a wild dream?Wasn't it qick?
Fight and again fight.Greatest happiness and deepest grief.
We couldn't say that it was boring.It changed like a thrilling
my movie piece and there was always surprise.
But here we are,and there is nothing to twist.We are racing to
the finish.A lot of us is gone yet,some a still with us and
will say we are with them,-after the old saying,if one of us
dies,I shall attend yours.I should like to see you.How you
And now you are very old.
look,how you do and how you are keeping.
We are proud of you and I ammore proud than all the others,
because I am not only your cousin and blood of your blood,
but also one of your first interpretg and in many your first
interpret.We all have lived our lives and will die our deahh,
only you have beenelected to live for humanity and history.But I
am the one who created"The Gurrelieder",and so also I am elected and will enter history in the trace'of you.
Still the distance from you to your days is not large enough,
still the matter has to settledfor the slow ones,but one can
see the contours.I have so many opportunities here,to observe
it.
Dear Arnold I know nearly nothing of you and your life since
long and you can imagine that I am always eager to know about
you.The other day I heard of a new composition of yours,per-
formed in New York,but I even do not know whether it is a
Symphony or a piano concerto.
We live at present in very exiting days.The war is going to

be finished.We than will have the expierience of 9 years of
war,and years of revolutions.I am frightened of the days to
come,because we than will hear terrible news,of what happened
to our friends,and brothers.I am worried to death about Walters
fatb,I know nothing about Otti and all the others.Do you know
anything?Do you know about Zemlinsky and Jalovetz?Could you
let me know Jalovetz address?
About myself I cannot say anything new.I live in the loveliest
district of this country,and this means a lot because Britton
is a flower garden as a whole.We are nearer in England to the
frontline and are often in the frontline,as you will read in
the papers,but in the English Lake District is peace andbeauty.
I sing Lieder and lecture on singing,and I teach singing.I
have some very good pupils,may be you will hear one of them
some time in America.I am very please about my successes as a
singing teacher and I would love to talk one day with you about
my studies and expieriences.Whether I shall go after the war
to America or finaly settle down in England,possibly in London,
I don't know.I never make planes for the distant future I wait
and see,what I can do when I have to take my decisions.
Please Arnold write to me of everything you know,give my love
to your children and great your wife from me.
But if you could do me a great favour,send me pictures of you,
your wife and children,of the latest times.
All my best,best wishes to you,from the bottom of my heart.
May God you bless you and all you love!
And many happy returns of your birthday.
                                        Youre

I do not want to close this letter
without remembering Heinrich, who rests in piece
and who loved you so dearly, more than you
ever knew

ARNOLD SCHOENBERG
116 N.ROCKINGHAM AVENUE
LOS ANGELES 24,CALIFORNIA   August 29,1944

Mr.Hans Nachod
28 Romney Rd.
Kendal,Westmorland,
England

Dear Hans;
        At first let me thank you cordially for your congrat-
ulations to my seventieth birthday.Your letter arrived yesterday and thus I have still a little time left to remain
youger than that.Yes it is true,he who was heedless enough
to live too long and neglected to remain young,will once
discover he has become old.It is very sad-but you cannot change
it.

You met my old friend Dr.Oscar Adler.He must also become
70 now. Could you not send me his address?
Then there is Dr.D.Bach,also an old friend of mine,who became
70 this month.Did you meet him?He wrote me a letter of con-
grtulation this months and I answered at once.I wonder whether
he received my letter.Do you see him?
There is also Erwin Stein who is employed by Bosey and Hawkes.
Are you in contact with him?I wrote him some time ago,but he
did not answer.
Have you an idea about the whereabouts of my former pupil
Karl Rankl,once Musical Director at the Opera in Prague?
I did not hear from him for quite a time.

You are right many of our old friends have died already.I
am astonished you do not know that Zemlinski died ~~about two~~ three
years ago.He was sick very long suffering from a paralytic
stroke.I saw him last in December 1940 and soon afterwards
he died.-You probably that Franz Schreker is dead since about
1934,and Alban Berg,Adolf Loos,Karl Kraus,Artur Bodanski and
many more of my friends and professional collegues.-I am much
worried about my poor sister Otti and my poor son Görgi.From
him I had news before Pearl Harbour through a Swiss pupil of
mine whom I asked to inquire.But since I am without any news
and I am affraid to inquire through the Red Cross,because I
am affraid it would make him suspicious to the Nazis.-Then
there are Olga and Mela,whom I pity very much and also
Nachods from uncle Gottlieb and your brother Walter,and
the Goldschmieds.

You want Jalowetz's address:Dr.Heinrich Jalowetz,Black Mountain
College,Black Mountain,N.C.-He teaches there.I have not
seen him since 1933 when I lectured in Köln.

I am glad to learn that you have setteld down so satisfactorily in England.You sing "Lieder":does this mean you give
recitals?You have good pupils:are they able to sing modern
music?I often remember some of your performances of my music.
These have been better times,for instance in Amsterdam with
Gurrelieder or Leipzig.

I have starred(**) those four points upon which I would
like to have your reply.Give all of them my most hearty
grettings-but with the exception of Dr.Egon Wellesz.

I am retiring in September from University of California-
not voluntarily,but according to unbendable regulations.
I will not receive a pension,because I was there only eight
years.But I am not affraid of the future,because I have
some confidence in my works and there are still private
pupils coming.Unfortunately I have been sick since about
February.Probably caused by a severe flu,I had diabetes and
my asthma was again very bad,though I had stopped at once
smoking.I am not yet quite restored,but very much better and
aspecially the diabetes has improved tremenduously,thus
at my last test I had normal blood sugar.

As to my compositions!I hope it will not take too long that
we might communicate more freely and then you will see a list
of the works I have written in these times.Among them is
a Violin Concerto and a Piano Concerto,which was broadcast
last year and which you could perhaps have heard.In November
this year there will be(Nov.26)a new work of mine broadcast:
"Ode to Napoleon Buonaparte" by Lord Byron,which many people
will relate to Hitler and Mussolini.Perhaps you and other of
my friends might hear it on shortwaves.

                                           /twentieth
My family consisting of my wife(we had yesterday the/annivers-
ary of our wedding)daughter Dorothea Maria Nuria/two sons:
Rudolph Ronald,7 and Lawrence Adam,3.   /12/
Enclosed you find some photos.Show them to my friends.We are
a present all right,only Gertrude as we can not get any
servant,is very much tired from housework.Nuria is already
a little lady and helps much in homework.The boys of course
are small and need care.They are what we called in Europe,
war children.But we enjoy everyone of them very much,which
will not surprise you.

Now I have written much about me.Perhaps I will after my
anniversary write again a "journal" as a message to my
friends.

Let me hear from you.Many cordial greetings,yours

Enclosed photos,
*but there are
no good ones
of my wife
and Nuria*

ARNOLD SCHOENBERG
116 N. ROCKINGHAM AVENUE
LOS ANGELES 24, CALIFORNIA

EXAMINER 7746

VIA AIR MAIL

Mr. Hans Nachod
28 Romney Raod
Kendal, Westmorland
England

Mr Hans Nachod

Dear Hans:

Los Angeles, California
October 3, 1944

For more than a week I tried composing a letter of thanks to those who congratulated me on the occasion of my seventieth birthday. Still I did not succeed: it is terribly difficult to produce something if one is conceited enough to believe that everybody expects something extraordinary from you at an occasion like this.

But in fact the contrary might be true: at this age, if one is still capable of giving once in a while a sign of life, everybody might consider this already as a satisfactory accomplishment. I acknowledged this when my piano concerto was premiered and to my great astonishment so many were astonished that I still have something to tell. Or perhaps, that I do not yet stop telling it— or that I still am not wise enough to suppress it—or to learn finally to be silent at all?

Many recommend: "Many happy returns!"
Thank you, but will this help?
Will I really become wiser this way?
I cannot promise it, but let us hope.

Most sincerely with many thanks, yours

Arnoldphoenbe
Arnold Schoenberg

I sent also a letter for Dr Oscar Adler to your address. Do you know where he lives? Did you receive my own mail let us about 6 weeks ago?

ARNOLD SCHOENBERG
116 N Rockingham Avenue
LOS ANGELES, CALIF.
Phone. ARizona 35077

EXAMINER 1055
P.C. 90.

EXAMINER 1055
P.C. 90.

ER

LOS ANGELES
OCT 11
6³⁰ PM
1944
CALIF.

VIA AIR MAIL

Mr Hans Nachod
28 Romney Road
Kendal, Westmorland
England

Hans **N a c h o d**
28 Romney Rd.   30th November 1944.
Kendal,Westmorland,England

To Mr.Arnold Schoenberg
116 N.Rockingham Av.
Los Angeles Calif.

Dear Arnold,

      That was a real present to me:two letters from you,after years
of silence.-Why I didn't reply immediatly?Because I was anxious not to
waste the opportunity to keep in touch with you,and close down our
correspondence again,by answering too quickly.Your urgency,in your last
letter,to make me replying,gave me hope,and so I am hurrying up my answer
First of all I thank you very much for the photos.I was surprised to
learn that the many years which have passd since we have met,for the las
time,have not changed your appearence,as I expected it,and as I think th
that I have changed my own appearence.The two boys look lovely.It seems
to me that the elder one does look like his mother.The sunshine of California,which can be seen on those photos,made me envy all of you in
that country,because of the lack of sunshine we have in northern England
I am sorry that you could not send me also pictures of your two ladies,
as you call them,but I do hope that you will make it up soon,by sending
some some.I am not so lucky to send you pictures of a family of mine.
My fate was very different,and the life I lived denied me this fulfilment of a mans life.Often I am very sad about it,but the old saying
reads-One can never know whether such thing is good or bad.
Anyway I am living with a lady friend,and she has got a son.This is some
substitute for the absence of a family.
On the occasion of your 70th birthday there were different celebrations
in England.The papers brought articals,and the B.B.C. transmitted a
speech of a certain Mr. Edward Clark,whosaid,that he was your pupil in
Zehlendorf,many years ago.I think I remember him,and I believe to have met
him at the time,I was studying with you in Zehlendorf.Clark played
different records,and among them Towns song:Bum sag'ich Dir zum ersten
Mal.-I do not know who the singer was.It seemed to me that it was an
old record.I heard during the last time two performances of your new
setting of"Verklärte Nacht"(records)on the air,and sometimes I read of
of performces of works of yours in the papers.
I have the impression that the youth of England is in favour of
"modern" music,as far as it is acquainted with it,and also a general
increase of interest for music can be observed in Britain.Remarkable is
the rising interest for musical study.In spite of war conditions,and
the fact that nearly all young women and boys are called up,~~almost~~
~~praxewxrtxxx~~ all music teachers have more pupils now,as they had before
the war.I personally think that this is owing to two great influences.
After all to the daily performances of good music on the air,which intro
duce good music to the people and make them love it,and to the fact that
Britain has slept for so long,seems to have wakened up by the misfortune of this war and culturally encouraged by the terrible example
of the German decay.It seems to always like that,that if one does see
someone whom one always thought to be better,dd

to Mr.Schoenberg   2.

decaying,one is pushed ahead oneself.So the British think:The
German time is over,why not simp we...?
Yes:The German time is over.I often think of beautiful Germany and good
old Vienna,and then sadness comes into my mind,but I am in the position of someone whose brothers became members of a murder gang,and
have to watch the execution of them.Thanks to the good God:we are not
among them anymore.
I thank you very much for the different news concerning friends.
I knew about Schrecker,Berg Loos,Kraus,Bodansky,but I didn't know
about Zemlinsky.You don't seem to know anything about Webern?
I thank you very much for letting me know Jalowetz address.I shall
write to him.He was my "Weggenosse" for the most time of my life.
I met him first in the "Volschule".His father and my grandfather
were friends about this time.He was always one Klasse higher than I.
We went to the same Gymnasium in Sperlgasse.Later he joined you,
then we were together (2 years) in the Volksopera under Zemlinsky,and
we worked at last for nearly 10 years in Prague.I sang under him in
Stettin and Berlin,and I met him in Cologne.I saw him for the last time
in Prague,before he went to America.He didn't look well about that time
How is he now?Also Webern was for a long time my so called"Weggenosse"
Can you imagine him to have turned being a Nazi?I hope not,but we
have had so much surprise in this concern that I should not be surprised in this case.-There are still a lot of people in my memory of
which I should like to know what they are doing,as f.i.Stella Eisner.
What you write about your health doesn't sound so bad to me.You have
never been without any inconvieniences,as far as I remember,but the
credit side of your health was always bigger than the debit side,and
so it seems to me it is now,I am also complaining of different things;
after all of high blood pressure,but I don't care and live on as ever.
I enjoy the wonderful country,in which I live,and great every day as
a girlfriend a new possibility to praise wonders in nature and art.
I am very happy and glad to learn that your glorious gift of God is
still working and you create new works.I am very sorry that I have so
little opportunity to listen to performances of your new works.May be
that your retiring from the University gives you more time for composing
As for my life:it is explained in those words,that I definitly decided,
never to leave my art profession any more,if there is any possibility
to keep on with it.At the moment I am very satisfied,because I have much
success as a singing teacher,and a lot of pupils.Two weeks ago I
arranged a recital of mine of my pupils which met with great success.
May be that one or the other of my younger girls will take up singing
as a profession and make my name better known.
You asked me whether we are doing modern music as well. More or less.
There are two difficulties:The first is that I have to consider that
modern music has to be brought to them slowly because of the fact that
most of them are not acquainted with it and then,that we can't get
the music.Everything is out of print,and my music is in Vienna.
We have here a so called modern composer.Dr.Armstrong Giggbs.He lives
in Windermere,quite near from Kendal,and I know him well,but he is of
second rate importance and cannot be called an asset for making propagan
da for the new form of music.

To Mr Schoenberg   3.)

Since I am mainly teaching,I mediate on different things concerning voic
voice production and composition for voice,which gards or spoils,leads
or misleads us singers,because we have to follow the demands and to
put up with the problems which composition wants us to solve.
I know since long that many of the vocal compositionsof the last loo
years or more,especially compsitionsfor the stage,as opera or such
like,have done a lot of harm to beauty and easiness of the voice,by
overdramatizing vocal parts.I was myself such a victim,but I learned
a lot from my own mistakes and was able to put right my own voice again,
as well as protecting many others to make the same mistakes.I know that
one cannot uniteto sing a beatiful legato,soft and mellow notes with
singing Tristan,Siegfried,Isolde and even Verdis Othello or female parts
like that.Please do not missunderstand me.I love Tristan and Isoldes
music ardently,but I would nobody advice to sacrifice his voice in
singing the part of Tristan.It could be said much,much more about it,
but I do not want to do this unquestioned to you dear freind and master.
What I want is to know,whether you appreciate that point of view or not,
because I have accomplished a book on singing and voice production
and would be very glad to know what you think about overdramatizing
of the human voice,and whether you think that modern composition or
say modern composers are aware of the necessity of considering that
matter.I do hope that you don't mind me putting this question to you.
In finishing this letter I answer your questions of your letter from
September:
Dr.Oscar Adlers address:Gale Cottage,Ambleside,Westmerland.I meet him
from time to time.He is in good health,and so is his wife Paula.He
plays violin and lectures on music and different other things and is
a nice old fellow.I intend to go to Ambleside one of the next days
and we then will write a letter to you together.
Dr. D.Bach :I wrote to London to get informations and I shall let you
know as soon as I get reply.I met him some years ago in London,but I
have not heard of him since.
Erwin Stein:It is just a year now,when the son of the lady of whom was
in London and saw Stein on my reqest,because I wanted to know whether
he had informations about you.I have not seen him since long.At that
time he was all right and doing well.
Karl Rankl :I could not say anything about him.
I hope for my heart,that our corr spondense will not dry up again.
It would be a great disappointment to me.I am not only one of your last
of the old ones,I am also proud of you because I am your cousin and
have been your singer too.I think thats enough to be conceited and
arrogant.
All the best to you,to your wife and children

Lieber Arnold!

      Meine Gratulation zu Deinem Geburtstag kommt zu spät,
aber ich hoffe Du nimmst sie doch,wie sie gemeint ist,als von ganzem
Herzen kommend.

Der Grund,warum meine Gratulation zu spät kommt ist,dass ich gerade
zu der Zeit Deines Geburtstages nach 5 Jahren wieder einmal in London
war.Ich ging dort natürlich auch zu Boosy and Hawkes und sprach mit
Erwin Stein.Er lässt Dir folgendes sagen:
Er ist furchtbar beschäftigt und hat deshalb nicht aufgehört an Dich
zu denken.Er schreibt Dir im Geiste jeden Tag und er verschiebt den
geschriebenen Brief ebenso jeden Tag.Schoenberg ist und bleibt eine
Herzenssache für mich sagte er.Schreiben Sie ihm das.

Ich habe diesen Auftrag hiermit erfüllt.
Stein ist gesund und es geht ihm scheinbar glänzend.Er steht bei seing
Firma inmitten des englischen Musiklebens und dirigiert auch manchesmal im Radio.
Ich weiss nicht,ob ich Dir auch von Dr.Karl Rankl geschrieben habe,das
er viel dirigiert und grossen Erfolg hat.Da er in London vor nicht
all zu langer Zeit Deinen Pierot Lunaire dirigierte,so bist Du wohl
über alles informiert.Ich teile Dir aber dennoch seine Adresse mit:
Yatscombe Cottage Boar's Hill Oxford.

Es ist heute Sonntag und da lese ich die grosse englische Sonntagszeitung "The Observer".Heute steht nun ein sehr freundlicher Artikel
über Dein letztes Klavi-konzert,dass in London vor einigen Tagen aufgeführt wurde.Ich sende Dir die Zeitung separat.

Es geht mir im allgemeinen gut,aber ich glaube,dass man in England
als jüdischer Refugee nicht wird bleiben können,da hier eine grosse
Campagne für die "Heimkehr"der Refugees gemacht wird.Ich werde keinesfalls dahin zurück kehren,wo man unsere Brüder und Freunde,unsere Mitt
und Kinder grausam ermordet hat,sondern werde wahrscheinlich sehr bald dem
Entschluss fassen,alles daran zu setzen,nach Amerika zu gehen.
Man wird uns hier vielleicht zunächst nicht hinaus werfen,aber man wir
uns Arbeitsschwierigkeiten bereiten.Ich habe in Kendal nur während des
Krieges gesessen und will wieder in die Grosse Welt,aber mein Gesanglehrer Permit lautet nur für Westmorland und ich traue mich nicht
um die Uebertragung dieses Permits nach London anzusuchen,weil ich eine
Ablehnung fürchte,wie die Dinge jetzt liegen.

Wie geht es Dir lieber Arnold?Bist Du gesund,hast Du von Otti gehört
oder von Görgi?Wie geht es Deiner Familie?Auf das Bild von Deiner Frau
warte ich noch.Ich würde mich sehr freuen,wenn ich eines bekäme.
Ich sprach in London die Tochter meines Freundes,Mrs.Susan Mann,die
Berthold Viertels Nichte ist.Sie erzählte mir,dass sie vor zwei Jahren
mit Steuermann öfter bei Dir war und beschrieb mir Dein Haus und
Deine Familie.Werde ich das wohl einmal zu sehen bekommen?

Kannst Du mir sagen,wie ich zu dem englischem Text der Gurrelieder
kommen kann?Ich möchte einiges daraus singen und vor allem meine Schülerinnen einmal etwas von Dir singen lassen.Ich glaube,dass alles
in dieser Beziehung,auch hier,hilft,Deine Music unter das Volk zu
bringen.

Lasse bitte von Dir hören,lieber Arnold und nochmals viele gute
Wünsche zu Deinem Geburtstag
Viele,herzliche Grüsse an Deine Frau und Kinder

                                        Dein getreuer

28 Romney Rd.
Kendal,Westmorland,
    England

Ich werde meine Adresse anfangs November ändern und Dir die geänderte
Adresse mitteilen,sobald ich sie weiss.Alles was Du vor anfangs November an mich schreibst bitte an die obige Adresse.Ich glaube aber,da
ich Briefe nachher am sichersten erhalte,wenn Du sie nach London NW2
Cricklewood 172 Ashford Court,C/o Mrs Herzberg sendest.

United States of America
County of Los Angeles } ss
State of California

Affidavit of Support

Arnold S c h o e n b e r g residing at 116, N.Rockingham Ave
(Name) (Street Address)

Los Angeles, 24, California being duly sworn depose and say:
(City) (State)

1. That I am a native born citizen of the United States having been born in the

City of ....

State of ....

That I became a naturalized citizen of the United States on:

Date April 11, 1941 In
Los Angeles, Los Angeles
(City) (County)
California 5190738 number
(State)

of my certificate being District

issued by the Court of
Mr.R.S.Zimmerman Clerk
of the U.S.District Court

That I declared my intention of becoming a citizen of the United States on:

Date .... In the

(City) (County)
.... number
(State)

of my certificate being ....

issued by the Court of ....

2. That I was born in Vienna, Austria Date September 13, 1874

3. That it is my (own) intention and desire to have my (own) relatives (whom) whose names appear below, at present residing at:

28 Rommey Rd. Kendal, Westmorland, England

(Give complete address)

come to the United States for permanent residence.

Name of Alien	Sex	Date of Birth	Country of Birth	Occupation	Relationship to Deponent
Hans N a c h o d	male	July 2 1885	Austria	Operasinger	first cousin

4. That my regular occupation is composer and teacher of musical composition
(Business Name and Address)

Prof emeritus of Music, formerly at University of California at Los Angeles

and my average earnings amount to $ sixthousand, (6000,00.)

5. That I (also) possess the following financial assets of which corroborative evidence is herewith attached:

the fully furnished house, which is free from debts and which con-
tains a number of valuable musical instruments and a library of
several thousand volumes.

6. That my (own) dependents consist of my wife, Gertrude (Kolisch) a daughter Nuria &

two sons Ronald and Lawrence

That I (also) am (are) willing and able to receive, maintain, support the alien (s) after their immigration to the United States, and hereby assume such obligations guaranteeing that none of them will at any time become public charges upon any community in the United States; and that any of school age will be sent to school.

That this affidavit is made by me (also) voluntarily and of my (own) free will in order that our American Consul will issue visas to the above mentioned relatives (whom) so that they may enter the United States for permanent residence.

SWORN TO BEFORE ME THIS

15th DAY OF Oct 1945

Arnold Schoenberg

NOTARY PUBLIC
In and for the County of Los Angeles, State of California No. 93-7-45 34
My Commission Expires Jan. 14, 1949

11 Park Av.
Kendal,Westmorland,England
27.11.1945.

Lieber,guter Arnold!

Was soll ich sagen?-Soll ich sagen,dass es eine besondere Ueberraschung für mich war,dass Du mir ein Affidavit schicktest?Soll ich sagen,
dass ich es für möglich hielt,dass Du auf meinen Ruf nicht reagieren
würdest?-Mein lieber Arnold.Ich habe mit Dir gerechnet,weil ich Dich
kenne und nichts anderes erwartet,als das,was Du getan hast.Nämlich
als allererster und ohne Zögern,das erbetene Affidavit geschickt.
Ich wusste,dass Du mein Freund bist,wie ich auch immer der Deinige war
und ich wusste auch,dass abgesehen von den"Blut ist kein Wasser"
Beziehungen und unabhängig von gross zu klein,stets irgend etwas
zwischen uns war,dass menschliche Sympathien schuf.Du warst aber auch
immer wie der grosse Bruder zu mir.Ich empfand es so,als ich jung war.
In Zeiten in welchen ich noch gar keine Ahnung hatte,dass Du der
Arnold Schoenberg warest,sondern nur der Arnold warst und Dich sehr
"bossy"zu uns Kleineren benahmst,Dich hinter Mienen und Witzen verstecktest,waren wir schon und allem voran ich,die"Deinen",
Ich glaube auch,dass Du das immer gewusst hast und,dass Du wusstest,
dass Du auf mich bauen konntest.
Du hast keinen verlassen,auf den Du Dich verlassen konntest.Ich habe
keinen gefunden,der nicht der gleichen Ansicht war.Sogar Deine Gegner
reden von der "verführerischen"Gefährlichkeit Deiner Freundschaft und
Persönlichkeit.Das kann man in Büchern lesen.Das hat sogar einmal
Welles gesagt,als wir auf der Isle of Man Haus an Haus wohnten.
Aber trotz all dem.Ich denke,lieber Arnold von ganzen Herzen und ich
denke auch Deiner Frau.Warum?Das wirst Du schon selber wissen.

Bisher waren alle meine verschiedenen Versuche,nach Amerika zu gehen,
misslungen.Ich hatte dreimal die Chance und dreimal gelang es nicht.
Es war immer der Krieg und die Ueberfahrtschwierigkeiten an denen ich
scheiterte.Der Krieg dauerte ja lange genug für dreimaliges scheitern.
Inzwischen sind fast sieben Jahre vergangen seit ich nach England
kam und ich hatte mich an den Gedanken gewöhnt,mein Leben in England
zu beschliessen.Das sogenannte Free Austrian Movement(Austrian Centre),
möchten allerdings all die Jahre eine ungeheuere Propaganda für das
"Nachhausegehen"und"aufbauen helfen".aber ich habe diesen,teils aus
Unverstand,teils aus sträflichem Verrat an den Leidensgenossen
handelnden Leuten niemals .Beachtung geschenkt.Das Vaterland ist tot.
Das was wir liebten und unser Vaterland,Deutschland oder Oesterreich
war kann nicht mehr zum Leben erweckt werden.Wir sind entwurzelt
............und danken Gott,dass wir überhaupt noch Wurzeln haben,
denn man hat uns mit Stumpf und Stiel ausgerissen und nicht verpflanzt,sondern auf den Misthaufen geworfen.Jetzt aber,wo das Vaterland der Misthaufen geworden ist und wir das Glück hatten auf gesegnetem Boden zu fallen,sollen wir unseren Mördern und Dieben,die
heute noch unser Vaterland repräsentieren,aufbauen helfen und uns

in die Reihe unserer Verfolger stellen um ihnen zuhelfen?
Wir sollen denen helfen die uns zugrunde gerichtet haben,die jetzt
dafür gestraft sind,weil sie zu Verbrechern wurden und die zu
Verbrechern werden mussten,weil das,was sie uns taten nur zu Verbrechen führen konnte.Das wissen die Vernünftigen im Austrian Centre
und Free German oder Austrian Movement ganz genau selber.Warum
handelten sie so?Weil die englische Regierung das gerne sieht.
Dieser unterstrichene Satz ist nicht von mir,das hat mir ein Palott
gesagt,der in Austrian Centre eine führende Rolle spielt,als er
in die Enge getrieben,nicht mehr wusste was er antworten solle.
Die jungen und unerfahrenen Menschen,die geistig"Defenselosen"
fallen aber auf diese Propaganda hinein.
Ich machte mir keine Illusionen.Ich weiss und wusste,dass die Engländer uns nicht wollen.Vielleicht würden sie gerne Nazis aufnehmen,
denn sie brauchen Menschen in England,aber Juden behalten sie nur,
wenn sie müssen.Du hast sicher gehört oder gelesen,was sich in der
letzten Zeit alles abspielte.Ich schrieb in meinem Rundschreiben auch
über die Vorgänge in England und über die Hetze gegn uns.Wir alle
rechneten mit der Labour Party,aber wir wussten und fürchteten auch,
dass die Conservativen mit antisemitischer Propaganda beginnen werden,wenn die Labour die Wahlen gewinnen.Man tut natürlich in England
so etwas nicht,wie man es in Deutschland tat,hier schickt man andere
voraus und sagt dann"nein Name ist Hasse,ich weiss von nichts".
Das ist der Grund,weshalb ich,alt und bedürftig nach Sesshaftigkeit,
wieder wandern muss.
Das Wandern wird dieses Mal vielleicht endlich an das Ziel führen.
Ich will natürlich beim Leisten bleiben und Gesangsunterricht geben.
Was soll ich denn neu beginnen,das hätte keinen Sinn.
Hier,wo ich lebe habe ich viel Erfolg mit meinem Gesangsunterricht.
Vor wenigem Tagen konnte ich schon das dritte Schülerkonzert ver-
anstalten.Ich gebe auch Lectures und halte Vorträge über die Gesangs-
kunst und kann nicht sagen,dass ich bis jetzt auch nur einen einzi-
gen Fall erlebt hätte,wo meine Vorträge über die Gesangskunst nicht
grosses Interesse erweckten.Ich lege Dir ein Programm von meinem
letzten Schülerkonzert bei,damit Du eine Ahnung hast,was wir singen.
Das Programm ist nicht nach meinem Geschmack,aber es sind zwei
Dinge,die bestimmend sind.Erstens,dass es in Britain sehr wenig
Noten giebt.Das klingt merkwürdig,aber es ist so und zwar,weil in
London während der Air-Raids alle Vorräte vernichtet wurden und
während des ganzen Krieges nur sehr wenig gedruckt werden konnte;
ausserdem oder zweitens,muss ich natürlich gewisse Rücksichten auf
den Geschmack meiner Schüler und meiner Zuhörer nehmen.Ich lasse
mich in dieser Beziehung nicht vollkommen bestimmen,aber doch teilweise.-Ich habe verschiedene Versuche gemacht Lieder von Dir zu bekommen und selbst aufzuführen oder von meinen Schülern singen zu
lassen und mich deshalb wiederholt an Stein gewandt,aber nichts
bekommen können,ha ist eben mit allem Noten dasselbe.Kannst Du mir
sagen,ob eine englische Uebersetzung der Gurrelieder existiert?-
Ein grosse Glück war mir beschieden,ich hatte Nachricht aus Wien,dass
mein Bruder Walter lebt.Ein englischer Soldat brachte mir die Nach-
richt.Näheres weiss ich noch nicht,weil man noch nicht schreiben kann.
Ich werde Dir schreiben,wenn ich mehr weiss.Dagegen sind Heinrich

6 September 1949.

Mein lieber Arnold!

Geburtstagsbriefe fielen mir immer schwer.Anlich su schreiben,um Dir su Deinem 75.Geburtstag su gratulieren ist jedoch
wesentlich leichter,denn in Deinem Falle brauche ich keine
Redensarten su suchen.Wenn ich schreibe,wie es mir wirklich
um das Herz ist,wenn ich an Dich und an Deinen Geburtstag den
ke,ist se gut genug.
Ich denke an Dich,wie man an seine schöne Vergangenheit denkt
an die man denkt in jener Verklärung,die alle Dinge su
denen man so viel Distans hat und von denen man weiss,dass
sie die Höhepunkte des gelebten Lebens waren,an die Dinge die
man so gerne wieder haben möchte,wenn das ginge.An die Dinge
auf die man stols ist,weil sie einem Wert geben und seigen,
dass man auch einmal dabei war als sich grosse Dinge ereigneten,dass man sogar mitwirken konnte an den Dingen die su
den Grosstaten dieser Welt gehörten.
So denke ich an Arnold Schoenberg und so denke ich an Dich
sur Zeit Deines 75 Geburtstages an dem mein Gedenken su Dir
in die weite Ferne geht.
Meine Wünsche aber sind,dass Du diesen Tag in froher Laune
und Gesundheit verbringen mögest mit Deiner Frau,Deinen
Kindern und den Freunden,die Du dort hast.

Im Juni hatte ich das Vergnügen Mr.Langlie hier kennen su
lernen,der mir viel über Dich erzählen konnte.Leider kam
Mr. Langlie unangemeldet und hatte nur wenig Zeit in London,
so das Vergnügen ein kurses war.Seine treue Anhänglichkeit
an Dich und seine angenehme Art machte mich aber rasch vertraut mit ihm.Anbei eine Photographie von uns beiden,die am
25.Juni am Trafalgar Square von einem Strassen Photographen
aufgenommen wurde.Durch Mr.Langlie wirst Du wohl alles
wissen,was Du von Deinen Londoner Freunden und Schülern wissen
möchtest.Du hast wohl auch gehört und gelesen von der höchst
erstaunlichen Angelegenheit,dass Steins Tochter den Neffen
des englischen Königs heiraten wird und swar nicht in der
Form,wie das in solchen Fällen gewöhnlich geschieht,sondern

ganz richtig,mit Gpränge und als vollwertige Gattin des
11ten in der Folge auf dem englischen Tron.
Ich weiss nicht ob sie ein"grosses Glück macht",aber wir
Juden in England sind stolz auf die Anerkennung,die uns
gewissermassen damit erfährt und glauben mit Recht,dass
diese Affair zeigt,dass England ein wirklich liberales Land
ist.Ich sage das nicht,weil ich ein Monarchist bin,sondern
weil diese Angelegenheit wirklich erfreulich ist.

Von mir ist nichts weiter zu berichten,als,dass ich viele
Schüler habe und doch über kurz oder lang einen oder zwei
Sänger herauszubringen hoffe,die von sich reden machen werden

        Sei vielmals und herzlichst gegrüsst und grüsse auch
        Deine Frau und Kinder von mir.Auf ein Bild Deiner
        Gattin warte ich immer noch.

                Dein

Erst nach dem Tode anerkannt werden - - - - - !

Ich habe in diesen Tagen viel persönliche Anerkennung gefunden, worüber ich mich sehr gefreut habe, weil sie mir die Achtung meiner Freunde und anderer Wohlgesinnter bezeugt.

Andererseits aber habe ich mich seit vielen Jahren damit abgefunden, dass ich auf volles und liebevolles Verständnis für mein Werk, für das also, was ich musikalisch zu sagen habe, bei meinen Lebzeiten nicht rechnen darf. Wohl weiss ich, dass mancher meiner Freunde sich in meine Ausdrucksweise bereits eingelebt hat und mit meinen Gedanken vertraut worden ist. Solche mögen es dann sein, die erfüllen, was ich vor ein- und dreissig Jahren in einem Aphorismus voraussagte:

"Die zweite Hälfte dieses Jahrhunderts wird durch Ueber= schätzung schlecht machen, was die erste Hälfte durch Unter= schätzung gut gelassen hat an mir."

Ich bin etwas beschämt über all diese Lobpreisungen. Aber ich sehe dennoch auch etwas beruhigendes darin. Nämlich: Ist es denn so selbstverständlich, dass man trotz dem Widerstand, des ganzen Volk nicht aufgibt, sondern fortfährt aufzuschreiben, was man produziert?

Ich weiss nicht, wie Grosse darüber gedacht haben. Mozart und Schubert waren jung genug, dieser Frage nicht näher zu kommen. Und Beethoven, wenn Grillparzer die Neunte kaufen nannte, oder Wagner, wenn der Bayreuther Plan zu versagen drohte, oder Mahler, wenn alle ihn hässlich fanden – wie konnten diese weiterschreiben?

Ich weiss nur eine Antwort: Sie hatten Dinge zu sagen, die gesagt werden mussten. Ich wurde einmal beim Militär gefragt, ob ich wirklich dieser Komponist A.S. bin. "Einer hat es sein müssen" sagte ich, "keiner hat es sein wollen, so habe ich mich dazu hergegeben!"

Vielleicht musste auch ich Dinge sagen, unpopuläre annehmend, die gesagt werden mussten.

Und nun bitte ich Sie alle, die Sie mir mit Ihren Glückwünschen und Ehrungen wirkliche Freude bereitet haben, dies anzunehmen als einen Versuch, meine Dankbarkeit auszudrücken.

Vielen herzlichsten Dank!

Los Angeles, California, 16. September 1949

Arnold Schoenberg

ARNOLD SCHOENBERG
116 N. ROCKINGHAM AVENUE
LOS ANGELES 24, CALIF.
PHONE - ARIZONA 3-5077

New Zone Number «49»

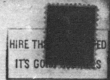

Mr Hans Nachod
70 Dartmouth Road
London N.W.2.
E N G L A N D .

Surre Lieder (30 A: 41/181)

Partie des

Waldemar

Nachod Hans
~~~~~~~~ 70 Dartmouth Rd
London N.W. 2
England

12

ITEM 63B

16

im Zeitmaß.

24

26

28

U.E. 3696.

38

46

Und sie schwin - den

und seuf - zen: „Uns' - re Zeit ist um."

Mein Haupt wiegt sich auf le - ben - den Wo - gen,

50

U. E. 3696.

58

88

III. Teil

96

98

144

146

168

reiß auch uns're See - le nie,_____ zur

Höl - le mich, zum Him - mel sie,_____ denn

Viel rascher. *(steigernd und beschleunigend)*

sonst ge - winn ich Macht, zer - trümmre dei - ner

En - gel Wacht und

(𝅗𝅥 = ♩ von früher)
Wal.
spren - ge mit mei-ner wil - - - den Jagd ins
ff
cresc.
Wal.
Him - - - - - -mel-reich ein.
(cresc.)
sempre cresc.
♩= Etwas breiter.
fff
ff
mf
pp
lautlos nieder-drücken
dim.
p
pp
in den nächsten Takt hinein klingen lassen
U. E. 3696.

Oper „Norma" von Bellini

Violino secondo

Andante grave

Primo

N⁰ 2 „Alliance" Wal „

Secondo

Fortsetzung d. „Alliance Walzers"

Primo

Secondo

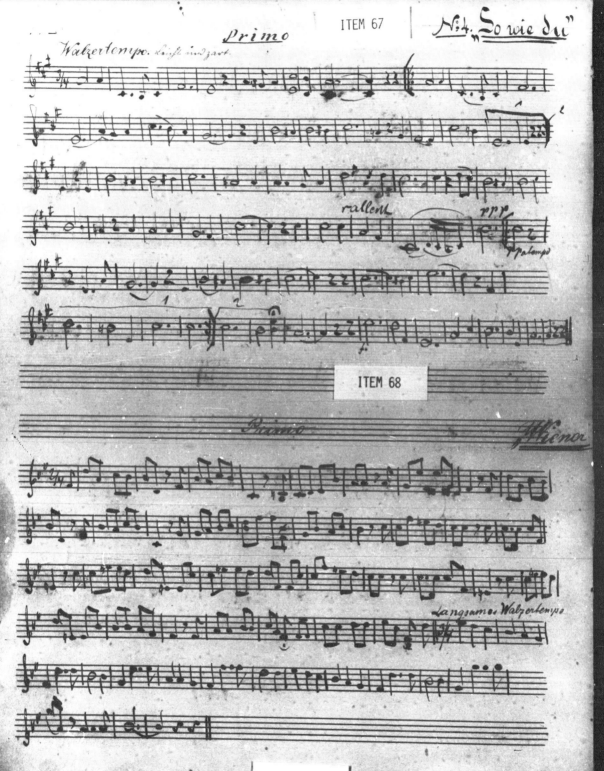

Lied von Ludolf Waldmann Seconda.

Fickerlied Seconda

"No. 5 Sonnenschein"

Primo.

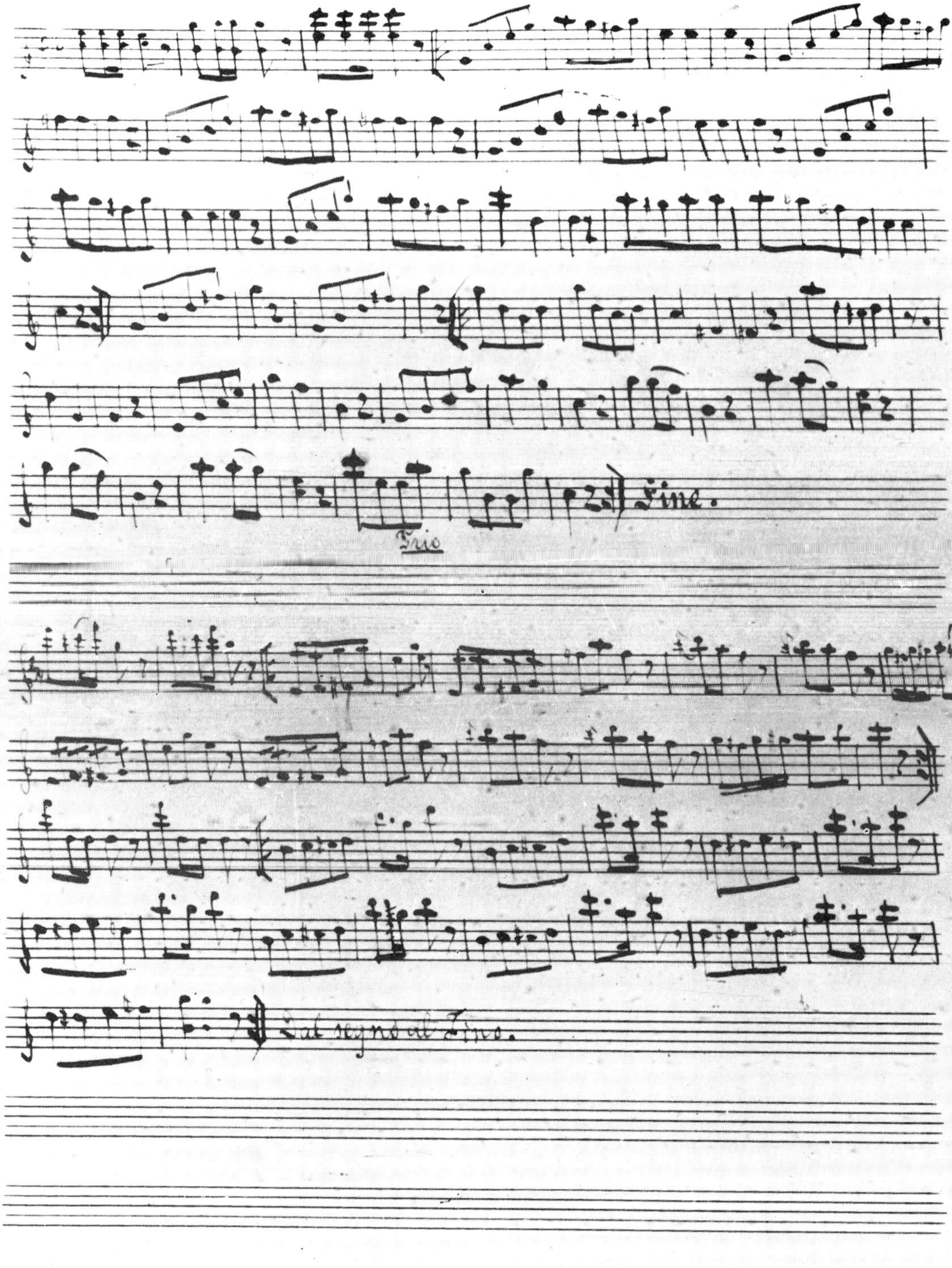

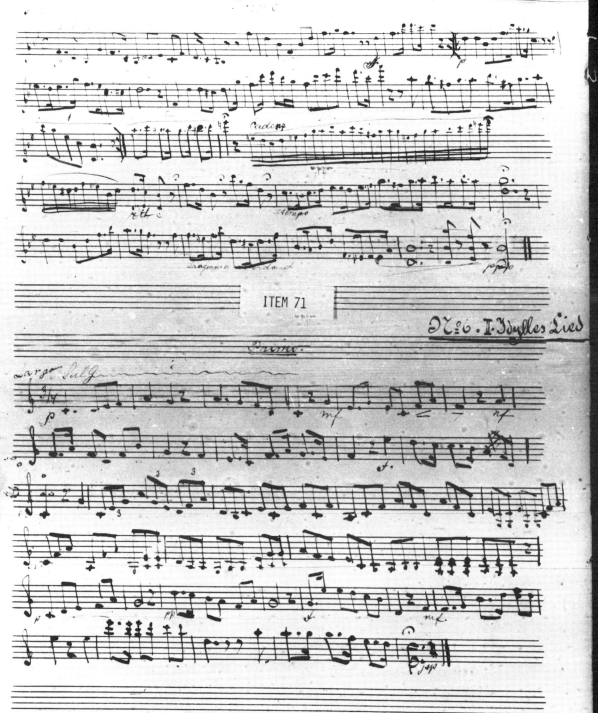

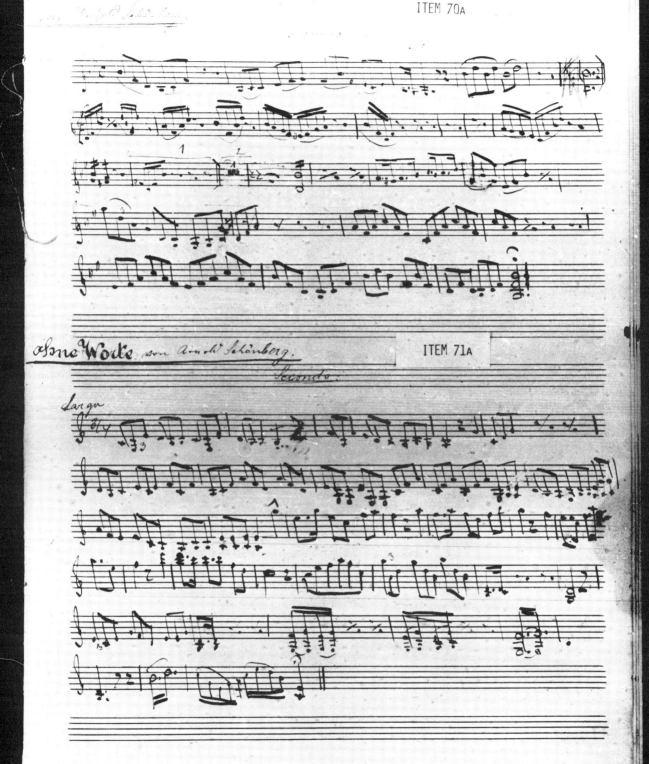

Ohne Worte von Arnold Schönberg.

Secondo.

Largo

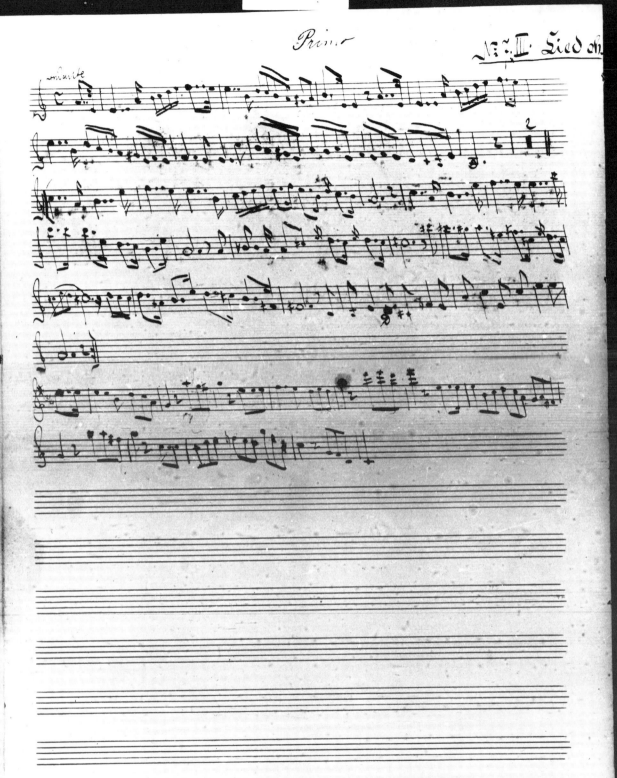

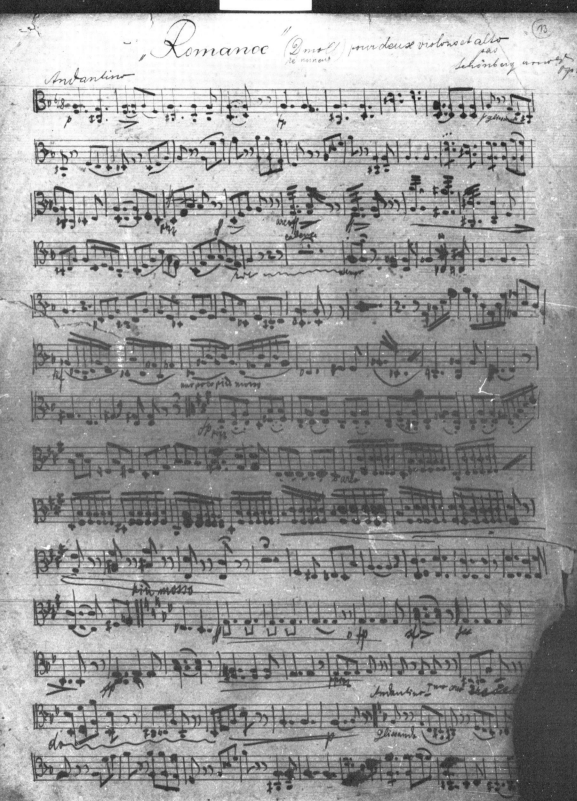

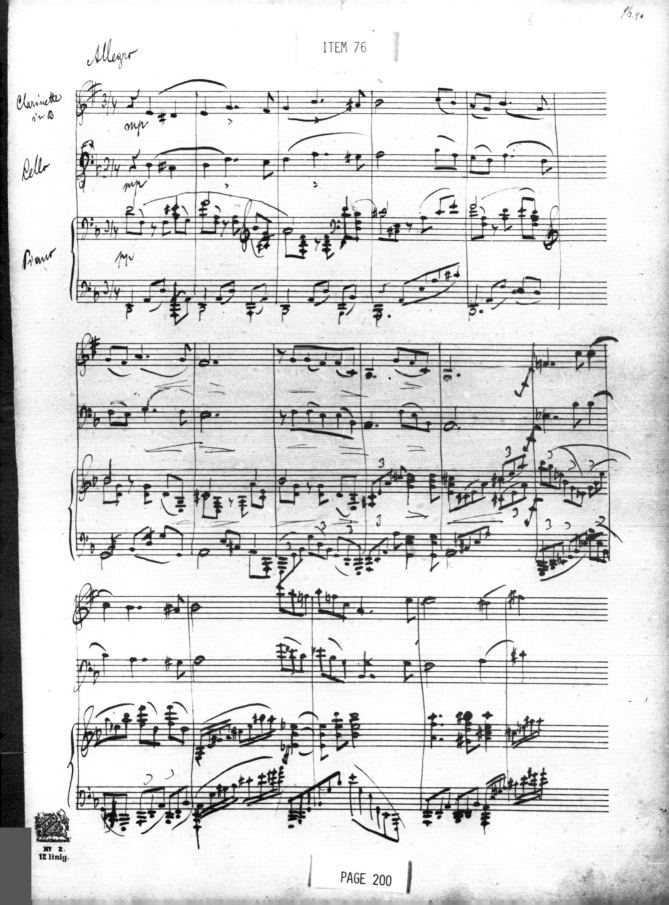

ITEM 81

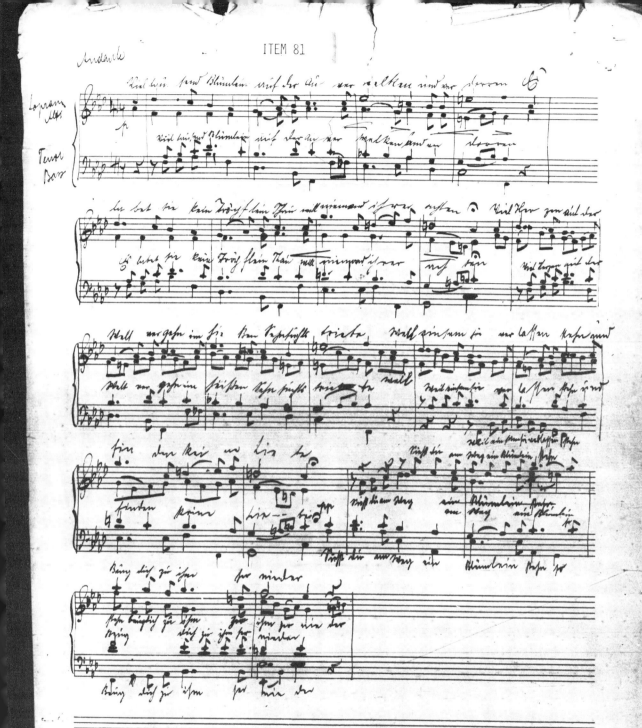

ITEM 82

PAGE 208

ITEM 84

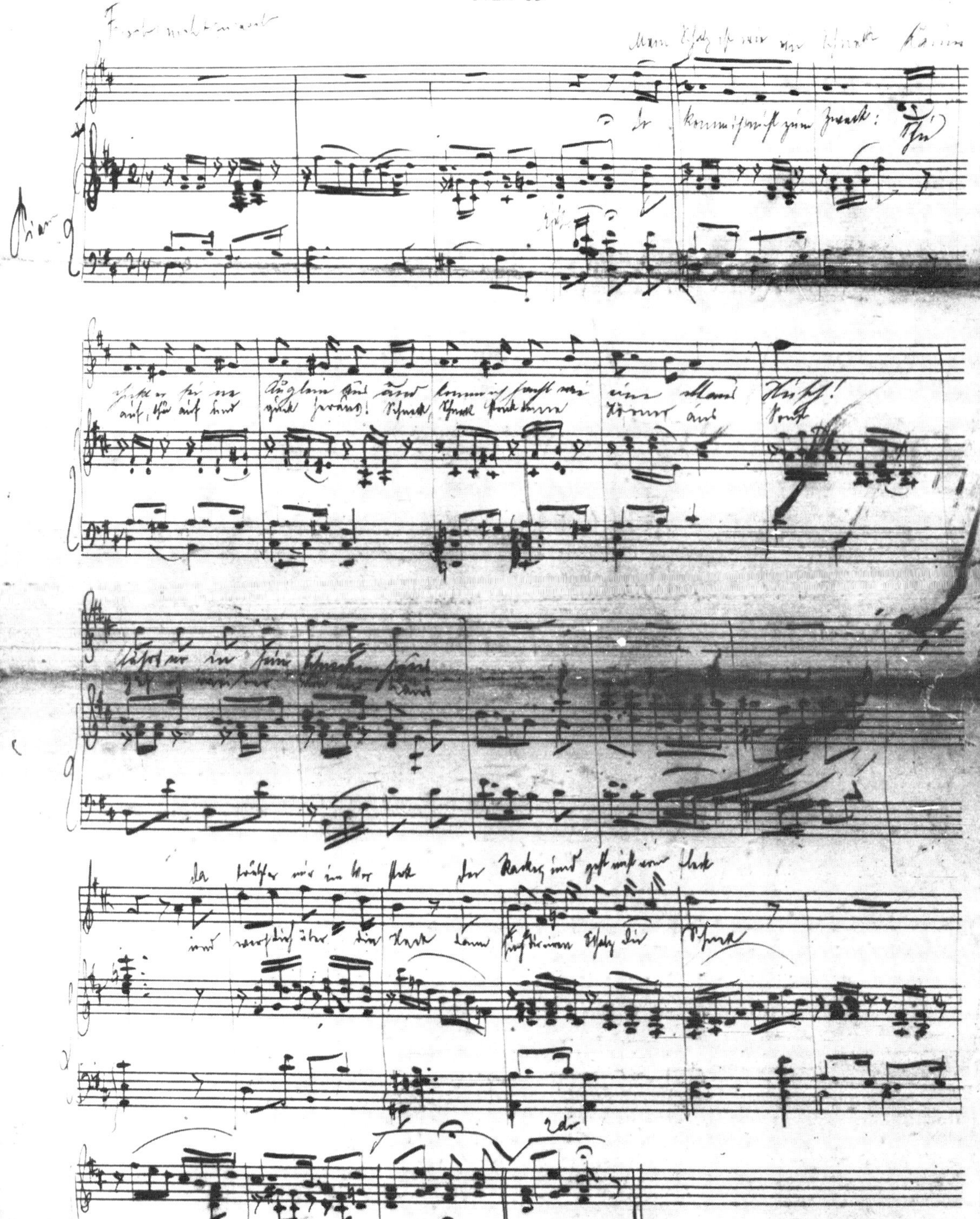

ITEM 87

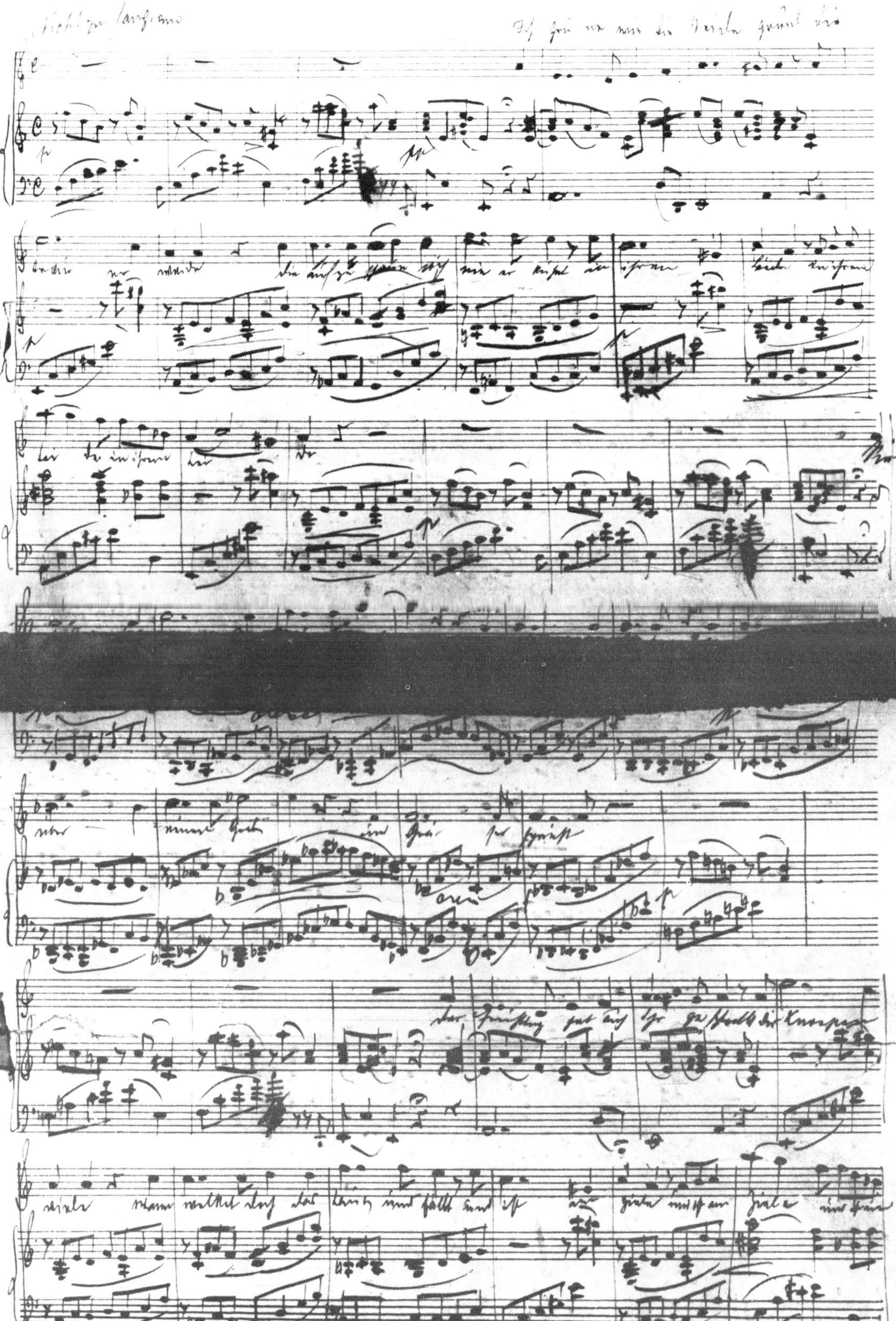

PAGE 212

Canon.

Vorfrühling von Heyse

ITEM 96

ITEM 97

ITEM 100

ITEM 101